徳間文庫

旗師・冬狐堂三

緋友禅

徳間書店

目次

陶鬼

一

そういえば冬狐堂《とうこどう》さん、あんたは《ツルさん》と仲が良かったはずだよな。だったら知っているだろう、あの人が三月《みつき》ほど前に死んでしまったことを。自殺だってねえ。なんでも身体中に癌《がん》が転移していたそうじゃないか。ま、いいたかないが因業《いんごう》な男だったからねえ。本当に業《ごう》の深い男だったよ。自分の業に押しつぶされて、挙げ句が病を苦にして自殺かい。どこかの寺で無縁仏になっちまったとも聞いたが……ああ、いやだいやだ。そんな死に様だけはごめんだねえ。だからってわけじゃないが冬狐堂さん、先ほどの競《せ》りはちょっとえげつなかないかい。あそこまで値を吊《つ》り上げといて、いきなり下りたはないだろう。おかげでこっちの目算よりも三割も高い値で買い物をしちまったじゃないか。エッ、どうせ依頼人からふんだくるんだから同じだろうって。

そういう問題じゃないんだ、そういう。ところでものは相談なんだがね、あんたに少しでも済まないという気持ちがあるんなら、午前中の最後の競りで落とした、化粧箱があっただろう。あれは筋の良い物だ。たぶん明治の末期か……なに、大正初期。そうだろうねえ、造りがしっかりしている上に、品がある。どうだろう、あれを落とし値に一割ばかり乗っけるから譲ってくれるって気にはならないかね。だめなら一割五分、いや二割乗っけても構わないからさ。死んだツルさんへの供養だと思って、気持ちよく譲っておくれよ。だめ？　そうか、やはりだめかい。あんたもよくよく業の深い女だね。そんなにつっぱらかってると誰かさんみたいになっちまうよ。えっ、ツルさんがどこで死んだかだって？　どこだっけな。そうだ、山口県だよ、山口の萩《はぎ》。あの人、焼き物に関してはいい眼を持っていたからねえ。やはり最後は好きな焼き物の傍で死にたかったんだろうよ。

化粧箱を譲れとなおもしつこく迫る同業者に、当たり障りのない言葉でお茶を濁し、宇佐見陶子《うさみとうこ》は競り市の会場が設置された建物から表へと出た。

容赦ない夏の日差しが眩《まぶ》しく、逃れるように門扉近くの楠《くすのき》の木陰に逃げ込んで、ほっと息を吐《つ》いた。建物からは百メートル近く離れているというのに、古物・骨董品《こっとうひん》の醸《かも》し出す湿り気を帯びた空気が、ここまでまとわりついて離れない。あるいはそんな気がするだけかもしれなかった。太い幹に掌を重ねると、植物特有の澄明な冷気が伝わった。

「……ツルさん、亡くなったのか」

呟《つぶや》きながら、まなじりに水分の感触を覚えた陶子は、それをハンカチで拭った。すると新たな水の感触。そうか、ツルさんのことでわたしは涙を流しているのだなと思いつつも、どこかで、それは違うという声がした。涙は、強い日差しを急に浴びたせいかもしれないし、あるいは、古物のすえた匂いにむせたせいだともいえる。強いていうならば両方が原因で、そこへもってきて不意に、ツルさんこと弦海礼次郎《つるみれいじろう》の死の報せを聞かされたものだから、ついでに一粒、二粒、余分に泣いておこうかと、無意識のうちに思っただけのことかもしれない。

それほど淡いつき合いでしかなかった。ただ一点のトラブルを除いては。

自宅マンションに戻った陶子は、「本日の戦利品」と一人語りしながら、ストッカーにいくつかの商品をしまい込み、居間のマッサージチェアに身を沈めた。柔らかいウェーブによって揉《も》みほぐされると、板のように凝《こ》った背中の筋肉が歓喜の悲鳴を上げる。

いつもならば《戦利品》をデスクの上に並べ、いつまでもいつまでも厭《あ》きるまで眺めているのだが、今日に限ってその気になれなかった。目を瞑《つむ》り、微《かす》かに響くモーターの駆動音に耳を澄ました。もう何年も前に聞いた弦海の最後の声が、遠くから重なるような気がした。さらに神経を集中する。それは確かに彼の声に間違いはないのだが、なにを陶子に告げようとしているのか判別することはできなかった。

——最後はどんな言葉で別れたのだっけ、あれは……。

そんなことを考えているうちに、いつの間にか眠ってしまったらしい。チェアから身を起こし、時計を見ると帰宅してからすでに二時間以上も過ぎたことを示していた。窓の外に目を向けた。濃い夕闇に街の明かりが灯っているのが見える。風景が夕景から夜景に変わるのを確かめてから、陶子はデスクに向かった。

コンピュータを操作し、ネット上の地方新聞のデータを取りだしてみた。

弦海礼次郎が自殺を遂げたのは、三月前のことであるという。特に事件性がなければ、中央の新聞に取り上げられることはない。陶子自身、弦海の死を知らなかったのだからその可能性は大いにある。

二時間ほどかけて地方新聞を丁寧にあたり、ようやくそれらしい事件を拾い上げた。

『萩市椿＊番地のG寺で、男性の縊死体《いしたい》発見』

わずか数行というあまりに簡潔な記事の内容からは、発見された遺体が弦海であるかどうかはわからない。その後の紙面を数日分調べても、遺体の身元が判明したという記事はなかった。萩市内で見つかった自殺体に関する記事はそれきりであったから、これがツルさんに違いない。陶子はそう確信して、コンピュータをオフにした。

翌日、萩の地元署に電話で確認すると、やはり遺体は弦海礼次郎だった。背広のポケットに入っていた古物商の鑑札で氏名が判明したという。すぐに鑑札を発行した警察署生活安全課、彼が常連的に参加していた市の主催者などに連絡を取って、身元が確認されたのだそうだ。地元の新聞にそのことが掲載されなかったのは、事件性がほとんどなかったからだろう。競り市で陶子に話しかけてきた同業者も、身元確認のことをどこかで小耳に挟んだに違いない。

——やっぱり死んじゃったんですね、ツルさん。

無縁仏として葬られたというのも事実であった。

その寺の名前を口にした警察官が「引き取っていただけるのですか」と訊ねたとき、思わず「ええ、できれば」といってしまった自分に、陶子は驚いた。

「失礼ですが、仏さんとのご関係は」

「彼は……師匠です」

「はあ?」

「同じ骨董業者として、若い時分にいろいろと世話になったものです」

こうした警察官との会話は、嘘ではなかったが、どこか言い訳めいた匂いがした。

受話器を置いたあとで、陶子は、

「でも、師匠は師匠だから」

と口にすることで、自分を納得させようとした。

翌日、陶子は旅支度を調《ととの》え、自宅をあとにした。

山口県萩市へのアプローチの方法はいく通りかある。もっとも早いのは羽田空港から山口宇部空港まで飛び、そこから直行バスに乗り込むルートである。が、陶子は新幹線で小郡《おごおり》駅まで行き、そこから山陽本線で厚狭《あさ》駅まで、さらに美祢《みね》線に乗り換えて萩までという時間のかかるルートをあえて選択した。

新幹線の車窓を高速で過ぎてゆく景色を眺めながら、陶子は弦海のことを思った。さして面白くもない出会いだった。

陶子がもうすぐそこに三十の歳を迎えようとしていたときのことだから、十年ほど前になる。当時は旗師《はたし》――店舗を持たない古物商――として活動を開始して間がない頃で、目端《めはし》が利く、利かないの区別さえもよく理解できない半素人である。だからこそ、一つでも多くの市に参加しようと、陶子は必死だった。経験を積むために、時を惜しむかのように全国を奔走していた時期でもあった。

弦海と出会ったのは、九州・湯布院《ゆふいん》で開かれていた骨董市だった。鑑札を持つプロだけが参加する競り市とは違い、素人と玄人が入り交じる青空骨董市では、とんでもない逸品が無造作に売られていることが、ときとしてある。それは同時に、逸品の皮を被《かぶ》った駄物、偽物が大手を振って横行しているということでもある。いかに目を凝らすか、そして真実と美の光を見いだすことができるか、を問われる場所でもある。

かといって、一軒一軒の店を悠長に見て歩く暇はない。

二百軒を超す出店と、三千人以上の客。その中には玄人も数多く混じっている。会場となった駅前広場を恐ろしい速さで一周し、中であたりをつけておいたものを、今度は売買交渉にかけねばならない。売り手の言い値は、買い値ではない。あくまでも交渉のための材料に過ぎないのだ。

そう思って、地元の骨董屋とおぼしき中年男の出店で、五万の値がついた備前ものの小まな板皿を、三万四千円まで値切らせた。この調子で落としていけば二万数千円で買い取ることができるだろうと、目算する陶子の背後から、

「右隣の有田の蕎麦猪口《そばちょこ》と抱き合わせて四万」

ぼそりと低い声が、突然かけられた。あっと声をあげる間もない。背中越しに店主の膝元に一万円札が数枚投げつけられるのと、「ありがとうございます」の声があがるのがほぼ同時。手提げ金庫に一万円札を納めると、店主はすぐに古新聞で商品を梱《こん》包《ぽう》し始めた。すでに陶子はその場に存在していないも同然であった。

包みを大きめのボストンバッグに詰め、立ち去る男の後を無意識のうちに追いかけていた。その貧相な背中が、傲然と去るのを見逃すことができなかったからだ。

「待ってください。あれはないでしょう。わたしがせっかく値段交渉をしているのに、横から邪魔をするなんて」

男の前に回り込んで捲《まく》したてると、ぼそりとした声が「阿呆だな」と、たった一言返ってきた。

「なんですって」

「この器なら、固く見積もっても十万で捌《さば》ける。四万で引き取っても十分に利益は出る。こんな青空市でのんびり値段交渉なんぞやっていたら、商売敵に良いところをみんな持っていかれっちまう。目利きは確かなようだが、まだまだアマちゃんだな」

「でも……せっかくあそこまで値が下がったのに」

なおも言い募《つの》ると、男はバッグから先ほどの包み、まな板皿ではない方を取りだして、陶子に放った。四千円の値が付いていた蕎麦猪口である。

「うまく捌けば一万にはなるだろう。迷惑代と」

そのまま歩き出した男の言葉の続きは、よく聞き取れなかった。あるいはふんと鼻で笑いながら「駄賃代わりだ」といわれた気がして、聞き取れなかったことにしたかったのかもしれない。

その貧相な背中を持つ男が、弦海礼次郎だった。

人品骨柄《じんぴんこつがら》極めて不良かつ無礼。いくら狸《たぬき》と狐《きつね》が跋扈《ばっこ》する世界の住人であろうとも、あのような立ち居振る舞いは許されることではない。そうしたことを東京に戻り、別の市で同業者にそれとなく話すと、すぐに、

「ああ、そりゃあツルさんだ。本名は弦海礼次郎。陶器に関しちゃ相当な目利きだが、本性がなっちゃいない。癖がありすぎて、まわりとすぐにガチンコをやっちまうんだ」

内容をほぼ同じくする複数の回答が返ってきた。

そんな人物とは金輪際関わりを持つべきではない。そう誓った矢先の競り市で、再び弦海と会うことになろうとは、思いもしなかった。しかも同じ油滴天目《ゆてきてんもく》の茶碗を競り合ったのである。このときは半ば意地ずくで、陶子が茶碗を競り落とした。品物を受け取り、わざと弦海の傍を通り過ぎると、背後で「阿呆だな」と低い声が聞こえた。かっと頭に血が上り、振り返ったときにはもう貧相な背中は、会場をあとにしようとしていた。追いかけてなにかをいおうと思ったが、結局、陶子はその場を動くことができなかった。意地を張って競りを続けたために、落とし値が思いがけなく高くなったことは、陶子も十分承知していた。これでは十分な利益が出ないと知りながら、どうしても引くことができなかったのである。それ故の「阿呆」であることを、誰より

も陶子が理解していた。

その後、いくつかの市で弦海に会ううちに、その目利きの確かさと市の呼吸を読む駆け引きの妙に、陶子は次第に引き込まれていった。だからといって、その手法を安易に盗ませてくれるほど、柔《やわ》な性格の男ではない。幾度も痛い目に遭い、時には手酷い火傷《やけど》を負わされながら、次第に旗師としての手腕を身につけていったのである。

「火傷だ」

陶子は不意に、弦海が最後にいった言葉を思い出した。

いつの間にか新幹線は広島駅を出て、山口県にさしかかろうとしている。

「あの人は……ツルさんはこういったんだ」

『俺達はアセチレンランプに魅入られ、引き寄せられる蛾《が》と同じだよ。火傷をするとわかっていても、いや、たとえ我が身を焼き尽くされるとわかっていても、炎のまわりから離れることのできない愚かな蛾だよ』

そのときの弦海の口調と表情を陶子がはっきりと思い出し、何度かそれを口にするうちに、新幹線は小郡駅に到着した。

二

明治維新のふる里。土塀と夏みかんの景色がよく似合う街。

萩《はぎ》を表現する言葉は多々あるが、旗師の陶子にとって萩は焼き物の街以外のなにものでもない。萩の街を訪れるのも初めてのことではなく、これまでに三度、複数の窯《かま》元《もと》を訪ねている。陶芸家の家に眠る古陶の逸品を買い取るのが第一の目的だが、時には新作を買い求め、蒐集家《しゅうしゅうか》に捌くこともあった。

萩焼の歴史は、太閤《たいこう》秀吉の朝鮮出兵として知られる、《文禄・慶長の役》にまで遡《さかのぼ》ることができる。当時、朝鮮半島から招致された陶工の一人、李勺光《りしゃくこう》は毛利藩主・毛利輝元に預けられた。その後、関ヶ原の戦いに西軍の将として参戦した輝元は、中国地方の覇者としての地位を追われ、わずかに防長二州の領主となる。このとき輝元とともに萩の地に移った勺光が開祖となって、作られたのが萩焼とされる。色彩淡く、素朴な風合いの萩焼は茶陶として時代を超えて愛され、「一楽・二萩・三唐津」と賞されることもあるほどだ。

萩の駅に降り立つということは、すなわち、「今度はどのような名品と出会えるだろうか」と、胸躍らせることでもある。

当然ながら、今回の旅にはそれがない。無縁仏として眠る弦海の遺骨を引き取る「ついでに」、窯元を見て歩くつもりもない。冷え冷えとした喪失感を持て余しながら、陶子は地元警察署へと向かった。

窓口で氏名を名乗ると、すぐに奥から「ああ、昨日の」と、若い警察官が現れた。

「ご面倒をおかけしました」

「ご面倒様は、こっちの台詞《せりふ》ですよ。わざわざ東京からお手間を取らせますね」

「やはり、無縁仏にしておくわけにはいきませんから」

「師匠ですってね、仏さん。仕事上の」

「ええ、いろいろと教わるところの多い人でした」

「へえ、あなたのような別嬪《べっぴん》さんが古道具を扱うのかァ。こりゃあ、考え方を変えにゃあ、ならんですの」

「昨今の骨董ブームのおかげで、わたしたちも糊口《ここう》をしのぐことができます」

そんなやりとりの後に、若い警察官が、

「なにか、例の一件についてお聞きになりたいことがあるのですね」

と、職業人の口調でいった。

「ええ。弦海礼次郎氏は自殺と聞きました。ですが、どうしてもわたしのイメージの中の彼と、自殺という選択とが一致しないのですよ」

「ええっと。それは最近の弦海氏と、ということですか」

警察官の口調には「そうではないですよね」という響きが含まれている。ごく最近まで交流があったのなら、今になって遺骨を引き取りたいなどと言い出すはずがない。なによりも警察官は、三カ月前の自殺体が弦海であることを確認する、昨日の陶子からの電話を受けている。これもまた、両者の交流が途絶えてかなりの年数が経っていることを示す、なによりの証拠だ。

「もう五年、いや六年近く彼には会っていません」

「六年の間に人が変わってしまうことは、十分にあり得るでしょうが。それに、彼の病気のことは？」

「同業者から聞きました。でも……」

「遺書があったのですよ。上着の内ポケットに。弦海氏の筆跡であることは鑑定によってはっきりしています」

それを見ることはできるかと訊ねると、意外にも簡単に許可が下りた。

「知人に改めて筆跡を確認してもらうということにすれば」といって、いったん奥の部屋に引っ込んだ警察官が、ビニールの袋に入った便せんを持って、間もなく戻ってきた。

「これですよ」

「拝見します」

便せんはホテルに備え付けのものらしい。見覚えのある右上がりの文字で、

『我が身の不始末、重々お詫《わ》びいたします。本当にとんでもないことをしでかしてしまいました。残り少ない、今となってはボロ屑《くず》同然の命ではありますが、これを自ら絶つことで、どうかお許しください』

と、書かれている。

「いかがですか」

「確かに弦海の字です。やはり覚悟の上の自殺だったのですね」

「文字もしっかりしちょるでしょう。誰かに脅されたり、無理矢理書かされたものだと、どうしても文字に乱れが出るものですが」

「あの……この不始末というのは？」

「まあ、いろいろと。同業者の間でも支払いその他……あまり評判の、その、ねえ」

「評判が良くなかったことは知っています。でもそれだけで不始末だなんて」

そんな気弱な男ではなかったといおうとして、陶子はやめた。病に冒され、いよいよ余命幾ばくもなくなった弦海が、絶望のあまり自殺した。そういわれてしまえば、反論のしようがないことは、明らかだった。支払いで揉めることなど、この世界ではよくあることだ。それを苦に自殺するような業者はいない。

えなかった。


──ましてや、あのツルさんが。

そうした内部事情を外の世界の人間に説明したところで、理解してもらえるとは思えなかった。

「それだけではないのですよ。これはあくまでも伝聞に過ぎんのですが」

「伝聞？」

捜査の専門家が、口にして良い台詞ではなかった。それを承知しているのか「まあ、自殺であることは疑いようがないわけで」と、言い置いたうえで、

「関係者が口を噤《つぐ》んでいるのではっきりとした事情はわからないのですが。どうやら萩焼の名品を壊してしまったそうなのですよ」

「焼き物を!?」

「そうなんですよ。ご存じじゃありませんかな、ちょうど一年ほど前に病気で死んだ」

「まさか……久賀秋霜《くがしゅうそう》」

「そうです、そうです。無形文化財の保持者として国に認定もされた、あの久賀秋霜先生の遺作を、よりによって壊してしまったという」

耳の奥で響き渡るノイズが、若い警察官の声をかき消した。

久賀秋霜は、萩焼の歴史に新たな一歩を刻んだことで知られる、巨匠である。

萩焼はその風合いから《鬼萩》、《姫萩》と区別されることがある。細かな礫《れき》や砂粒が肌に浮かび、豪放にして無骨な感じを与えるのが鬼萩。対して端正な柔らかい肌を持つのが姫萩である。だが秋霜はそのどちらでもない、強いて名付けるなら《秋霜萩》としかいいようのない、独特の作風を確立したのである。その技法は多くの陶工によって研究されたが、誰も彼の作風に近づける者はいなかった。しかも秋霜は生涯弟子をとらず、すべての工程を一人でこなしていたから、今や秋霜萩は「幻の技法」とまでいわれている。その遺作が、弦海によって破壊されたという。

——そんなはずがない。

弦海という一個のプロが、そのような不始末をしでかすはずがないことを、誰よりも知っているのは陶子である。

なによりも。弦海が萩で死んだと聞いたときから、胸の裡《うち》で微かに感じていた予感が、はっきりと形になって陶子の前に現れた。

「……久賀秋霜」

無意識のうちに漏らした言葉を、若い警察官は聞き逃さなかった。

「どうかしたのですか。久賀先生のことで、なにか」

「いいえ、別に。そんな大切なものを弦海が」

そういいながら、陶子の頭の中を占めていたのは、弦海から聞いた最後の言葉だった。

陶子と弦海が袂《たもと》を分かつきっかけとなったある出来事。

その中心に久賀秋霜作とされる茶碗があった。

「これをあんたの手で捌いてくれないか」

そういって弦海が「秋霜」の銘の入った桐箱を持ち込んできたのは、久賀秋霜がまだ存命中のある初夏のことだった。「珍しいことを」と皮肉を込めていうと、なぜか弦海は本気で怒ったような顔つきとなり、

「あんたでなくってもいいんだ。秋霜を欲しがる同業者はいくらでもいる」

そういって、箱を回収しようとした。

この頃、二人の間に仄《ほの》かな感情のやりとりがあったと、今でも陶子は思っている。それは愛情というにはあまりに淡泊であったし、師弟の契りというほど堅苦しいものでもなかった。互いが互いを意識しあい、折に触れて仕事以外の会話を交わすこのようなつき合いを、どう呼べばいいのか、当時も今も陶子にはわからない。

元々が寡作《かさく》な秋霜の作品は、そのころからかなりの高値で取引をされていた。「あんたでなくっても」という弦海の言い分は正鵠《せいこく》を射ていたし、無論、陶子にとっても品物を回してもらって嬉しくないはずがない。どうして弦海が自分で捌こうとしないのか、それを問うても、素直に答えるような性格の持ち主ではない。そのことがわか

っているから、陶子はそれ以上はなにもいわず、黙って小切手に相応の金額を書き込んで、弦海に渡した。

茶碗の出来は申し分のない、秋霜作だった。器の容姿にやや鈍いところは感じられたが、その風合いは秋霜以外のなにものでもない。作風が独創的で、彼以外の人間に再現することができないという前提がある限り、それは秋霜のものであることは疑いようがなかった。だからこそ陶子はさる好事家《こうずか》に、自信を持って売却したのである。

事件は、数カ月後に起きた。箱書きの銘は正真物《しょうしんもの》であったが、茶碗が精巧に作られた贋作《がんさく》であることが判明したのである。何人かの鑑定家が茶碗を調べ、最終的には高台《こうだい》の横の銘に違いが認められた。贋作を摑《つか》ませるテクニックとしては古典に属するもので、それにむざむざ引っかかったことで、陶子はプライドをひどく傷つけられた。幸いなことに好事家が陶子に好意的な人物であったから、事件が市場関係者に知れることはなかったものの、弦海への強い不信感は、当然の成り行きといえた。騙《だま》された方が悪い、とはこの世界に生きる人間の裏の常識でもある。陶子の目を欺くほど出来の良い（?）贋作であったことも事実だが、「それを持ち込んだのがツルさんだから」と、いいたい気持ちがどこかにあった。性格はまことによろしくないが、弦海は決して人を欺かない。しかも器の目利きにかけては、誰もが一目置くほどだ。その口から「秋霜作だ」と断言されたことが、眼を曇らせた原因の一つであると、言葉にはできない愚痴を陶子は何度も胸の奥に押し込んだ。

事件が市場関係者に広まることはなかったが、なにぶん狭い世界のことだ。どこかで噂を聞きつけたのか、弦海が陶子の自宅にやってきたのは、二ヵ月ほど経ってからのことだった。あの不遜な弦海が、部屋に入るなり頭を深々と下げて「済まなかった」といったことに、陶子はむしろ驚いた。驚くと同時に、ふっと恐ろしい疑問がわき上がり、それを口に出すのを抑えきれない衝動に駆られた。

弦海は決して人を欺かない。

そして弦海は神業にも似た目利きの能力を有している。

二つの命題を同時に有効にする解を、陶子は見つけてしまった。

「ツルさん……まさか、あなた箱の中身を見ずにわたしに」

俯いたまま紙色の頰を凍《い》てつかせ、唇を引き結ぶ弦海の表情が、なによりも雄弁に答えを告げていた。部屋のストッカーから例の桐箱を持ち出し、弦海に押しつけてから、

「お帰りください。あなたは、最低の仕事をしてのけたのですね。どうかお帰りください。そしてどこの市で顔を合わせようとも、二度とわたしに接触しないで」

そういい放つ陶子に、弦海はあの最後の言葉を絞り出すように呟いて、背中を向けた。

その時のシーンの一つ一つを、陶子の記憶は鮮やかに再現してみせた。

人間的にも、また旗師としても若かった陶子には、弦海の言葉は間の悪い言い訳にしか聞こえなかった。が、果たして本当にそうであったのか。秋霜の贋作によって弦海は陶子の前から姿を消し、そして、今度は同じ秋霜の遺作を壊したことを恥じて、彼は自ら命を絶ってしまった。二つの出来事を結びつけるように存在する「秋霜」という人物。彼もまたすでにこの世の人ではない。

地元署の若い警察官に丁寧に礼をいい、陶子はその場を後にした。通りに出て、掘り割り沿いに歩き出した陶子が目指したのは、弦海の遺骨が無縁仏として眠る寺ではなかった。彼を迎えにゆく前に、確かめておかなければならないことが二、三ある。

それは、若い時分に犯してしまった過ち、若いが故に物事を理解できなかった自らの愚を、清算するための儀式であるかもしれなかった。

三

《宮龍堂》という看板を、あるべきはずの場所に探したが見つからず、近所の商店をいくつか訊《たず》ね歩いて、陶子はようやく市内のとある病院の名を聞きだした。受付で入

院患者の病室を確認し、その大部屋へ向かうと、十メートルも先まで響きそうな聞き覚えのある声が、

「ほお、珍しい客があったもんじゃのう」

今はもう高齢のために店を畳んだ、かつての宮龍堂の主人、山田利春が病人とも思えない元気な姿で迎えてくれた。

「ご無沙汰しています。お店を閉めたことを知らなかったもので、戸惑いました」

「たいしたこたあ、ありゃせん。ちっと糖尿がきつうなっての」

「ははあ、日頃の不摂生がたたって」

「まあ、それもええがの、儂《わし》ももう八十に近い老人じゃけの。ちっとはお国に養のうてもろても、罰は当たりゃあせん」

宮龍堂は萩焼を専門に扱う古物商であり、陶子にとってもなじみの深い店の一つであった。主人の山田は、目利きこそあまり鋭くはないが、幅広い人脈を使って筋の良い物を集めてくる。秋霜作の茶碗も、よほどつき合いが古いと見えて、数多く扱ったことがあると、聞いている。

「さすがの《好色散人》も、糖尿病で入院しちゃあ、こっちの看板も早晩、さげにゃあなるまいの」

「それほどには……お顔の色も十分に良いようですが」

好色散人は、山田が俳句をたしなむときの号である。名前ほどには品のない句を詠むわけでもなく、また、誰彼構わず女性を口説きまくるわけでもない。少なくとも陶子は、山田に迫られたという記憶がない。要するに、照れと露悪趣味との発露に過ぎないのだろう。

「で、東京から別嬪旗師がわざわざ爺《じじ》いの見舞いに来たわけじゃあ、ありゃあすまい」

いつもならばしばらくの間は軽口をたたき合い、ということは陶子達の世界では相手の手の内を探り合ってから商談に入るのだが、今回の旅の目的は別にある。また、軽口を口にする気にはどうしてもなれなかった。

「実は……」という陶子の口調に何事かを感じとったのか、山田はベッドの上で居住まいを正して正座し、「はい、どうぞ」といった。

「お聞きしたいことがあるのです」

「なにを?」

「久賀秋霜の遺作が破壊されたことについて。それを壊した弦海礼次郎という古物商が、自殺を図った件について」

老人の唇から「ふむ」という言葉がこぼれた。そのまま黙り込んでしまったのは、意を含むところでもあるのだろう。長い長い沈黙に、陶子はあえて口を挟まなかった。

ややあって、山田はようやく口を開いた。

「それを聞いてどうする」

陶子が弦海との関わりを簡潔に説明すると、贋作のところで山田が眉をひそめて三本のしわを作った。

「久賀秋霜の作風は一代限りのものだ。真似ようとしてできるものでなし……冬狐堂ほどの目利きが騙されたというのも、納得のいかん話じゃのう」

「でも、現実に器は存在しました」

ひとしきり考え込んで、山田は話を再開した。

「秋霜も長年の無理がたたってか、死ぬ数年前にはめっきり作陶から遠ざかっておった。なんでも心の臓が悪かったそうじゃ。あれが死ぬ半年ほど前じゃった。轆轤《ろくろ》に向かうのはこれを終《しま》いにするというての」

山田の話によれば、秋霜は一挙に四十もの茶碗を仕上げ、窯に火を入れたという。

萩焼の場合、轆轤で拵《こしら》えた茶碗を天日で数日乾かし、さらに七百度ほどの低温で素焼きを施す。それに釉薬《ゆうやく》をかけ、本焼きの窯に入れるのである。登り窯の中で、器は数日間にわたって炎の洗礼を受ける。そうした工程を経ることで、萩焼としての命を得てこの世に姿を現すのである。

窯出しの当日、山田利春をはじめとして、数人の業者が久賀窯に呼ばれたという。

「みな、期待しておったよ。儂もその場でいくつかの器を買い入れるために小切手を用意しての。中には数百万単位の現金をアタッシェケースに用意した者もおったほどじゃ」

だがその場でとんでもないアクシデントが起きた。窯の取りだし口を塞ぐ煉瓦《れんが》を砕き、中を一目見た秋霜の顔色が、傍目《はため》からもはっきりとわかるほど変わったという。

「そして奴は、我々に『帰ってくれ。この窯は失敗です』そういったんじゃ」

「失敗ですか」

「いくら失敗とはいっても、ものになる器の一つや二つはあるじゃろう。そういうて我々は食い下がった。じゃが、秋霜は頑として聞かなかった。帰ってくれの一点張りで、肝心の器を見せようともせん」

「それほどひどい作品ばかりだったのでしょうか」

「今となっては、なんともいえん。じゃが、今でも儂の耳にはこびりついておるよ。窯をあとにする道すがら、背中で聞いた音が、な」

それは秋霜が作品を割る音であったという。それもたたき壊すなどという生やさしいものではない。砕いた陶片を、

「あれはさらに、足で踏み割る音じゃったろう」

そういって、山田はなんともいえない悔しそうな表情を作った。

「どうしてそこまで、徹底的に破壊しなければならなかったのでしょうか」

「あるいは、夜中にでも忍び込んできた奴が、陶片をかっさらってゆくのを防ぎたかったのかもしれんの。陶片といっても秋霜は秋霜じゃ。うまく繋《つな》いで売り捌こうとする輩《やから》がおらんともかぎらん」

「では、彼の遺作というのは」

「その後しばらく経ってから、茶碗を一つ焼いたらしい。箱書きには茶碗の銘として」

そういって、山田は近くのメモ用紙を引っ張り寄せ、「魂霜」の二文字を書いた。

「こう書かれておった」

「なんと読めばいいのでしょう。《こんそう》でしょうか」

「わからん。《霜》は本人を指しておるやもしれん。その最後を飾る《魂》としての作品。あるいは魂に霜の降る如く……そのような意味かの」

「魂に霜の降る如く、ですか。よくわからない言葉ですね」

「そりゃあ、冬狐堂がまだ若いからじゃ。儂のような年寄りには、実感としてなんとなくわかる気がするよ」

久賀秋霜は、「魂霜」と命名した茶碗を残して、間もなく入院。そのまま二度と久賀窯に帰ってくることはなかった。作陶以外にこれといった趣味のなかった秋霜は、かなりの預金を遺産として残していたという。遺産はすべて妻の理津子が相続したが、そこには一つの条件が付けられていたという。

「……条件、ですか」

「ああ。といっても特別なことではない。遺作の茶碗を使用して、月に一度茶会を開くこと。それも秋霜と生前につき合いのあった、儂もその一人じゃが、数人を招いての形ばかりの茶会を開くという、ただそれだけのことじゃ。いくら秋霜が焼き物の世界に大きな足跡を残したとはいえ、その名が永遠であるという証明はどこにもない。そしてまた器とは、いつか壊れゆく定めを負うたる品々じゃ。せめて身近な人間にだけでも、自分のことを忘れてほしくなかったのじゃろうな」

そういいながら、山田は何度か目尻にタオルをあてた。

「すると、宮龍堂さんは、その茶碗を何度か眼にされているのですね」

「おう。入院するまでは茶会に参加しておったからの。そう、三度、四度は眼にしたぞ。他の作とはわずかに風合いが違っていたが、紛れもない秋霜の碗じゃった」

その言葉を聞いて、いよいよ陶子は確信を持った。

それほどの茶碗を壊してしまうことなど、弦海にできるはずがない。そういうと、山田の表情がまた変わった。正座を解き、ごろりと横になって陶子と反対の方向を向いてしまった。これ以上はなにも話すことはないという、メッセージである。

「あれもの……礼次郎もさんざあった身じゃ。それもこれも、自ら命を絶った今となってはよしなしごとじゃ。捨て置いてやれ。それがあれのためじゃ」

それだけ聞けば十分だった。

陶子は山田に礼をいい、「また改めてお見舞いに来ますから」と言い残して、病室をあとにした。


その日は駅前のホテルに部屋を取り、夕食は近くの小料理屋で済ませることにした。日本海を目の前にした街だけあって、魚介類はさすがに充実している。それと、地元山口県の地酒だという、ひどく香りの良い日本酒を口にしながら、陶子は考えた。

——山田老人は確かに「礼次郎」といった。

《ツルさん》でも《弦海君》でもない。山田ははっきりと「礼次郎」と呼んだのである。一朝一夕のつき合いで、名前を呼び捨てにするはずがない。ことにあの年代の老人は、そうした礼儀作法にうるさいはずだ。これはなにを示しているのか。

「老人は、ずっと以前からツルさんのことを知っている。しかもごく親しい間柄だったのではないか」

そう呟いて、盃の中身を空けた。

となると、過去を調べるのはさほど難しいことではない。なんといっても小さな街のことだ。誰も彼もが久賀秋霜を愛し、その晩節を汚す「なにか」があったとしたら、これを必死で隠そうとする人ばかりであろうはずがない。中には進んで話をしてくれる人が必ずいるはずだ。

問題はただ一つ。弦海がそれを望んでいるか、否かである。秘密を抱えたまま、弦海はひっそりと眠っていたいのではないか。それを暴き立てる権利が、自分には果たしてあるだろうか。

——ある。

陶子はそう思うことにした。つまらない贋作事件に自分を巻き込んだ責任を、弦海は結局なにひとつとらずに逝ってしまった。

「落とし前はつけてもらわなければ」

あまりに相応《ふさわ》しくない言葉に、自分で笑い、そして照れた。

言葉による表現などどうでもよかった。手に入れたい真実は、弦海がなにを思い、そしてなにをなしたか、それだけだった。真実を知ったところで、それを世間に公表する気は毛頭ない。

けれども、それを知るものが当事者以外、誰もいないのも寂しすぎる。

あくまでも傍観者として、ただ弦海礼次郎という人間の真実を知る者になろうと、陶子は心を決めた。

四

弦海の眠る寺へと向かう坂道の途中、

――なんのことはない。ツルさん、あなたは二十五年も前にこの萩に暮らしていたのですね。しかも作陶に関わっていたなんて。

潮風を頰に感じながら、陶子は何度か同じことを思った。

夕刻というには、まだ陽は十分に高い。それでも、振り返るとさざ波がいくつも踊る萩の海には、すでに朱色が混じり始めている。その色づく銀面を、いくつもの小さな船影が柔らかく切り裂いてゆく。連続する時間のほんの一区切りの情景。だからこそ、過去の一瞬においても、また未来の一瞬においても存在するであろう、永続的な瞬間がそこにはある。こうして陶子が見る風景を、弦海もまた過去の一点において見たに違いない。

――そうであるならば。

弦海がこの街でかつて抱いた無念、死の直前に抱いた無念をも、自分の胸の中に再現できるだろうかと、陶子は思った。できる気がした。しかしそれが錯覚でないともいいきれない。

立ち止まった時間はわずかであったにもかかわらず、それまで額に浮かんでいた汗の粒が、いつの間にか消えていた。

弦海の過去を調べる作業は、あっけないほど簡単に終了した。予想したとおり、彼のことを覚えている古くからの住人は、すぐに見つかったのである。戦後間もなく開かれた久賀窯に、当初から窯焚きの燃料である薪を納めていた問屋の主人、それに作陶の材料である土を納めていた業者が、それぞれかつての弦海のこと、そして彼の周辺で起きた出来事を克明に覚えていた。

久賀窯を開いたのは先代の久賀春雪である。元々春雪は違う窯の陶工であったが、その腕を師匠筋に認められて、新たな窯を開くことを許されたらしい。作風は地味で、巨匠と呼ばれるほどの功績は残してはいない。それでも彼の茶碗を愛する茶人に恵まれ、窯はまずまずの隆盛を見たという。窯の数もやがて増え、昭和四十年代の半ば頃には、二人の弟子が春雪を手伝うようになっていた。

そのひとりが、春雪の一人娘・理津子との結婚によって婿養子となった、田尻信輝。後の秋霜である。そして田尻よりも年でいえば三つ上、弟子入りは五年早かったのが、弦海礼次郎である。

「田尻の奴は、どこかもっさりとした性格でなあ。荒練り一つやらせても、覚えが悪いというので、よく春雪の旦那からどやされてたっけ」

荒練りとは、作陶の諸作業の基本中の基本。土の粘度、強度を均一にするために、練り込む作業のことである。それに反して、弦海は師匠の春雪も舌を巻くほど、上達が早かったという。元が生真面目で、研究熱心。窯が休みの日も、一人で土をこねる姿がよく見られたという。同じことを、薪問屋の主人もいった。

「窯の温度を測るのは、炎の色なんじゃ。これを見続けると、眼の中が炎症を起こして、一瞬、眼が見えんことになる。それを何度も繰り返して、終いには陶工をやめた者も多いが、弦海はそんなことも気にならんようじゃった。師匠がいくら休めちゅうてもの、窯の前から決して離れん奴じゃった。よほど萩焼が好きじゃったのじゃろう。いくつかあれが焼いた茶碗も見せてもろうたが、良い出来じゃった。師匠を超すのもさして遠い話ではなかろうと、皆でいうておったほどじゃ」

だからこそ、当初は礼次郎が久賀窯の跡を継ぐであろうことを、誰しもが疑わなかったようだ。春雪も、それを公言してはばからなかったという。

「なによりも一人娘の理津子さんが、礼次郎のことを好いちょっての。あれは理津子さんが十七か、八の頃じゃったろう。二人は婚約披露の真似事もしたはずじゃ」

問屋の主人が、わずかに目を潤ませたのを、陶子は見逃さなかった。それほど、弦海礼次郎は窯に出入りする業者からも好かれ、そして未来を嘱望されていたのである。

だが事態は一変した。

「宇佐見さんとかいったね。あんたは萩焼の《七化け》をご存じかね」

土販売業の主人の問いに、陶子は頷いた。

萩焼は生地に当たる土の浸透性が高い上に、《貫入》と呼ばれる、生地と釉薬の伸縮率の違いによって生まれる細かなひびが、無数に走っている。そこへ茶の色が長年かけて染み渡り、七化けと呼ばれる色合いの変化をもたらすのである。萩焼は展示してありがたがるものではなく、使って楽しむものであるといわれる所以だ。

「できた当初は、どうも形のあんばいがうまくない。色も鈍くて、寝ぼけたようだと思っていた器が、ある日を境に花開いたような風合いを持ち始めるんだ。これがあるから、萩はやめられないという茶人も、多いはずだ。だが、焼き物ばかりじゃないのだよ。職人にも、得てしてそのようなところがある」

田尻信輝は、まさしく遅咲きの大輪だった。その直前まで、田尻の評価は極めて低かった。腕はようやく一人前。だがオリジナリティに乏しく、陶工一本で暮らすことはおぼつかないと、師匠も半ば匙《さじ》を投げていたようだ。次第に思い詰めたような目つきになった田尻は、長い休暇を春雪に願い出た。これからのことも含めて、ゆっくりと考えたいからという田尻の申し出を、春雪は快く許可した。そこには、これ以上作陶に関わるなら、あくまでも趣味の範疇《はんちゅう》にとどめておいてはどうかという、暗黙の忠告が込められていたはずだ。

「だが、奴は化けやがった。一年ほど県内をふらふらしていたらしいが、帰ってくるなり轆轤場にこもったんだ。そして周囲に誰一人近づけることなく、たった一人っきりで五つばかりの茶碗を焼いた。それが、あの《秋霜萩》の始まりというわけだ」

そのときに焼いた茶碗はすべて、世間で高い評価を受け、陶器に関するあらゆる賞を、総なめにした。

一変したのは、田尻信輝を見る眼ばかりではなかった。それまでは久賀窯の後継者として誰しもがその存在を疑わず、地道ながら確実に自らの名と地位を固めつつあった弦海のことを、周囲は徐々に忘れ始めた。以後も田尻の作陶の勢いは止まらず、若き萩焼の巨匠としての地位を確実にしていった。同時に、萩市内の裏通りのあちらこちらで、なにか思い詰めた暗い顔つきの弦海の姿が見られるようになった。そして彼の姿が、ふっと消え去った翌年、田尻信輝は久賀の婿養子となり、同時に久賀秋霜を名乗るようになった。

それが二十五年ほど前のことである。

以来、弦海がどのような道を歩んだかは定かではない。だが陶子と出会った十年ほど前。すでに弦海は陶工ではなかったが、器の目利きに関しては誰にも負けない古美術商になっていた。

——ツルさんは、秋霜の碗など見たくもなかったんだ。

なぜ弦海は中身も確かめずに秋霜の贋作碗を、陶子の元に持ち込んだりしたのか。骨董業者にあるまじき行為に隠された、弦海の複雑な感情を、陶子は努めて理解しようとした。

が、彼の死にまつわる一件だけは、陶子は理解した。そう思った。間近に近づいた死期を前に、弦海はプライドも良心も投げ捨てて暴挙に走ったのである。後世、己がどう評価されようとも構わない。あらゆる人が彼を唾棄し、その中にあの理津子が含まれようとも構わないから、秋霜の遺作を破壊しようと思い詰め、それを実行したのではないのか。

結局はどう足掻《あが》いても秋霜にかなわなかったことを自覚し、後悔の念に苛《さいな》まれる前に、弦海は自らの命を絶ったにちがいない。彼の行いは誰の目から見ても、卑怯《ひきょう》で許し難い。

だからこそ、陶子は許そうと思った。弦海の骨を引き取り、どこかの寺に永代供養でも頼んで、自分の思い出の一部に残してやろうと心に決めた。

坂道を上りきり、そこから急傾斜の石段を使ってさらに山の中へと分け入ってゆく。見上げても石段の先は見えず、吐く息を荒くしながら、陶子は歩き続けた。自然と視線はすぐ足元に固定され、花崗岩《かこうがん》のまだら模様が移動する速度で、歩んだ距離を推し量ることになる。そこへ、真っ白な足袋が飛び込んできた。立ち止まっているようだ。

鮮やかな足袋の白に誘われるように、陶子は顔を上げた。

驚いた表情が、こちらを見ている。結い上げた髪を後ろにまとめ、うなじの緩やかな曲線が、背後の濃緑色から浮き上がって見えた。淡い桔梗色《ききょういろ》の着物がいかにも似合う、その顔立ちにも、どこかに凛《りん》とした桔梗を思わせる風情を漂わせて、女性が陶子をじっと見ていた。年の頃はほぼ同じ。あるいは少し上か。

二人はゆっくりと近づき、そして会釈を交わした。

「あの……間違っていたならごめんなさい」

すれ違いざまに着物姿の女性が唇を開いた。

「あなたは、もしかしたら宇佐見陶子さんではありませんか」

「はっ、はい、確かに宇佐見ですが、どうして」

視線の先に立つ女性の顔を、記憶の中から探してみるのだが、どうしても再生することができなかった。では、なぜ女性は自分の名前を知っているのか。

「やはりそうでしたか。話に聞いていたとおりの女性。冬狐堂……冬の狐という屋号に相応しい女性で、安心しました」

女性の唇からこぼれる「安心しました」という言葉が、ひどく懐かしい、それでいて不思議な響きを伴って、陶子の耳に届いた。誰がこの女性に自分に関する情報を伝えたのか。答えは一つしかない。となると、この女性の名前も自ずと判明する。

「……久賀理津子さん？」

「はい、久賀でございます。宇佐見さんのことは礼次郎さんからお聞きしました。お若いのに、大変な眼をお持ちの女性旗師だ、と」

「ツルさん、いや弦海さんとはいつから」

交流が再開したのかと問いたかったが、うまい言葉が見つからずに尻切れとんぼになった。それを察してか、

「彼が二十数年ぶりにこの萩に現れたのは、今から一年ほど前のことでした」

「それはご主人が、その……亡くなったあとに？」

「ええ、秋霜の死を新聞で読んだといって。それからは仕事の合間を縫《ぬ》ってよく帰ってきてくれました」

理津子が、童女のように笑った。弦海への憎悪は毛ほども感じられず、また、彼が眠る寺へ詣でることへの罪悪感も、そこには感じられない。

「失礼ですが……弦海さんを許されたのですか」

「許す？　それはどういうことでしょう。彼が許されなければならないことを、なにかしたでしょうか」

「ですが、あなたのご主人である久賀秋霜先生の遺作を」

「それは仕方がありません。形あるものは必ず滅する。ましてや萩焼は、茶陶として常に使い続けなければならない宿命を負っています」

「しかし……」

弦海は過って茶碗を壊したわけではない。己の命脈がすでに尽きかけていることを知り、長年にわたって裡なるところへ蓄積し続けた己の無念を、理不尽な方法で晴らしたに過ぎない。それでも、あなたは許せるのか。一人の芸術家が最後の力を振り絞って作り上げた芸術を、ただの陶片に変えてしまった男なのだ、弦海礼次郎は。

陶子の胸の中に湧き上がる言葉を封じたのは、理津子の無垢《むく》の笑顔だった。この人の前で、弦海を貶《おとし》める言葉を口にしてはいけない。

――なぜ？

直感と疑問が同時に浮かび上がった。

「宇佐見さん、うちにいらっしゃいませんか」

「というと、久賀窯に？」

「ええ、今は生活雑器を焼きながら、細々と続けているだけですが」

「それは、理津子さんが」

「小さい頃から父の手ほどきを受けていました。ですから生活雑器くらいなら、なんとかなるんですよ」

そこには、久賀窯を今は自分一人で守っているという意味が込められている。かつては萩を代表する銘窯も、秋霜が弟子をとらず、その技術を伝承しなかったがために、ただの生活雑器を焼く窯になり果てた。

また新たな疑問が浮かんだ。

――なぜ、秋霜は自分の技法を後世に伝えなかった?

――それはつまり、伝えることができなかったということではないのか。

理津子の誘いに応えずにいると、

「どうしてもお渡ししたいものがあるんです。もしも、冬狐堂を名乗る旗師が来たら、必ず渡してくれと、礼次郎さんにいいつかったものです」

それはなにかと訊ねても、理津子は童女の笑みを浮かべて、うちに来ていただければわかりますと、繰り返すのみだった。陶子はその日、寺で弦海の遺骨を受け取ることを諦めて、理津子に従った。

五

久賀窯は、松陰神社を経て東光寺へと向かい、さらにそこから山の中へと分け入ったところに位置している。萩そのものが大きな街ではないが、ここまで来ると完全に市街地の面影はない。母屋が一軒、そして作業場とおぼしき建物が二軒、その奥の方にうっすらと煙を上げているのが、登り窯だろう。そうしたものが山中を開いて作った空間に、ぽつりぽつりと点在しているのみである。

「ちょっとお待ちください」と、陶子を客間に残したまま、理津子が奥の間へ消えた。弦海の残したなにかを取りに行ったかと思ったが、そうではなかった。間もなく現れた理津子は、萌葱色《もえぎいろ》の作務衣《さむえ》に着替えていた。手にした火おこしから真っ赤に燃える炭を茶釜に入れると、床脇の天袋から、桐の箱を取りだした。どうやら茶を点《た》てるつもりらしい。

「どうぞこちらに」

理津子が、茶釜の近くに陶子を招いた。

「では、遠慮なく」

「あまり堅苦しくなさらないでくださいい。あくまでもお点前《てまえ》の真似事です」

やがて湯が沸くと、水指《みずさし》から柄杓《ひしゃく》一杯の水を注《さ》してから、理津子は茶を点てはじめた。

緩やかな、けれどめりはりの利いた動きによって差し出された茶碗が、陶子を驚かせた。

――これはあのときの！

見間違えるはずがない。弦海が中身も確かめずに陶子に回した、秋霜の贋作茶碗だった。

「どうして、これがあなたの所に」

陶子は、茶を飲むことも忘れて、理津子に問うた。が、答えはない。理津子は笑みを浮かべたままこちらを見ている。

「弦海さんが、これをわたしに遺してくれたのですか」

やはり、答えはない。あるのは穏やかな春の海を思わせる、笑みのみである。

「弦海さんの話は、あなたの嘘ですね」

理津子は、嘘を吐《つ》いてまで陶子をここに招きたかった。なんのために。真実を語るために、ではないのか。今回の一件には、陶子の想像を超えた真実が別の形で存在する。二十五年も前に遡り、以来連綿と織り綴《つづ》られた真実のタペストリーの一部を、理津子が無邪気ともいえる口調で、

「その器、わたしが焼きましたのよ」

語り始めた。

工房内を案内したい。

理津子の申し出を、陶子は素直に受けた。ここは逡巡《しゅんじゅん》の場ではない。提示されるカードを黙って受け取るべきだと、本能が告げていた。

工房といっても轆轤場ではなかった。中央の床に埋め込み式の大きな水槽を三つ備え、その横にいくつもの土嚢《どのう》を積み上げた、ひどく殺風景な作業場である。

「ここは？」

「土を作る工房です。萩焼の土は、ここで何カ月もかけて作られます」

あそこに積み上げた土嚢が、日本海沖四十数キロの所に位置する、見島《みしま》で採れた《見島土》、向こうの土嚢は阿武郡福栄村《ふくえそん》産出の《金峯土《みたけ》》、そう説明し、最後に理津子が指さしたのが、

「これが萩焼の命ともいえる、防府《ほうふ》市大道《だいどう》産の《大道土》です」

「防府というと……瀬戸内側ではありませんか」

「そうです、大道土は七十キロ以上の距離を旅して、この萩に運ばれます。萩焼が生まれたときから、ずっとそうなんです」

三つの土はここへ運ばれ、天日で干され、水に長時間晒《さら》されることで不純物が取り除かれる。そしてそれぞれがブレンドされて、萩焼の素材と、なるのだという。その比率によって風合いは変化し、また荒砂や礫の量によって荒々しくもなるし、たおやかにもなる。「もしかしたら、秋霜萩と呼ばれる焼き物の秘密は、その土の配分にあ

るのではありませんか」

　陶子の問いに、理津子は首を横に振った。

「そうであるともいえるし、そうでないともいえます。宇佐見さんは、秋霜があるとき作陶に絶望して、旅に出たことはご存じですか」

「その話は聞きました。けれど彼は、旅から帰ってくるなり、驚くべき変貌を遂げて作陶にのめり込んでいった」

「そして生まれたのが、独特の風合いを持つ秋霜萩です」

　いくつかの疑問のうちの一つが、風船が弾けるように解けた。

――なぜ、秋霜は自分の技術を後世に伝えなかったのか。

「秋霜萩の秘密は、もしかしたら第四の土にあるのですね」

「そのとおりです。秋霜は一年に及ぶ長い放浪の間に、まったく新しい萩焼を生み出すことのできる土に巡り会ったのです」

「けれど、土には量的な限界があった」

　理津子が、笑顔のまま頷いた。

　土の量が決まっているからこそ、秋霜はこの技法を誰にも伝えることができなかったのだ。焼き物は、土と、人と、炎とが三位一体で作り上げる芸術であるといわれる。その一つの要素に、秋霜はまったく新しい命を吹き込んだのである。偶然であるかもしれない。けれど新たな萩焼の一歩を、自分一人で踏み出す魅力に秋霜は勝てなかった。秋霜萩の技法は、永久に彼一人のもので良かったのだ。

「父・春雪もまた、その技法を知りたがりましたが……」

弟子に教えを請う勇気を持たなかった春雪は、すでに弦海との婚約が決まっていた娘の理津子を、縁談を破棄してまで田尻信輝、後の秋霜に与えた。彼のたっての望みでもあったらしい。

「でも、秋霜は他の誰にも技法を伝えなかったと聞きますが」

「そうです。わたしたちの結婚前から、父は秋霜に技法を問うていました。が、秋霜は首を縦に振らなかった」

「だったら、どうして」

相思相愛であった弦海と理津子を、あえて引き裂かねばならなかったのか。どうしても技法の秘密を教えぬのなら、娘はやらぬと一言いえばいい。春雪は、なぜそうしなかったのか。

「父はこう考えたのです。秋霜が久賀窯を継げば、窯は萩焼の輝かしい歴史の一つとして、長くその名を人々の記憶にとどめおくことができる。必然的に、創始者である自分の名も」

「それだけのことで、娘の愛情を踏みにじったのですか」

「宇佐見さん、この萩に焼き物の窯がいくつあるとお思いですか。その中で名を残すことのできる窯はごく一握り。父は、どうしても久賀窯を銘窯にしたかった」

「そのために、あなたもあえて愛情を捨ててまで」

「それはどうかしら」

相変わらずの理津子の童女の笑みに、ほんの一瞬だけ凄惨さが加わった気がした。

──この人もまた、秋霜を、いや、秋霜の生み出す陶器を愛していた。

愛情の形が一様である必要は、どこにもない。むしろ簡単に天秤《てんびん》にかけられる愛ならば、あるいは簡単にどちらかに針を振らしてしまえるような愛ならば、誰も苦しむことはなかったのではないか。

「ただ……わたしが第四の土の秘密を知ったのは、数年前のことでした。すでに心臓を悪くしていた秋霜が、検査入院している最中に、その土を使って器を焼いたのです」

「それを弦海さんに送ったのですね。でもどうして」

「わかって欲しかった。あの人は自分が永遠に秋霜にかなわないと思いこみ、勝手に作陶をやめて落ちていった。けれど、所詮は土の問題でしかないのだと。あの土を使えばわたしにだって秋霜もどきを作ることができる。秋霜は第四の土を見つけるか否かの一点においてあなたを凌《しの》いだけれど、そのほかのところではあなたは絶対に負け犬ではなかった」

理津子は、笑顔を少しも崩さないまま、涙を流していた。狂おしいほどの感情が、矛盾する表情を作り上げている。

けれど理津子のそのときの思いは弦海には伝わらなかった。

土がすべて。秋霜の秘密は土以外にない。たとえ秋霜の銘があったところで、理津子が焼いた碗を見れば、弦海ほどの目利きならそのことに気がつくはずだ。そう信じて、あえてなんのメッセージも添えなかったことが、裏目に出てしまったのである。箱書きに「秋霜」の銘を確認しただけで、弦海は中身も見ずに陶子のもとに碗を回してしまった。

「もともと寡作であった秋霜が、さらに加速度をつけて寡作になっていったのは」

「体の変調もありましたが、もっとも大きな理由は第四の土が、それがどこで採掘されるのかは知りませんが、土の層が枯れてきたのです」

だからこそ秋霜は、最後の土を使って、引退の儀式ともいえる作陶に取りかかったのである。だが、それは見事に失敗した。彼はとんでもない失敗作を作ってしまった。それ故に叩き割ったのだろう。

陶子の言葉は理津子の皮肉めいた笑みによって否定された。

「それも、宇佐見さんの想像でしかありません。事実はまったく違うのですから」

「どういうことですか」

理津子が、くすりと声をあげて笑った。そして恐ろしい言葉を口にした。

「だって、あの器を壊したのは、わたしですもの」

「まさか！　そんなはずはありません。宮龍堂の山田氏にわたしは話を聞きました。窯出しに立ち会った山田氏は、そんなことは一言もいいませんでした」

窯に近づかない限り、器を破壊することは不可能だ。よしんば秋霜が窯を離れた間に近づくことができたとしても、中は千二百度以上の灼熱《しゃくねつ》の世界だ。どうすることもできない。

——あるいは。

窯の温度を急激に下げ、また上げてやると器の膨張率に歪《ゆが》みが生まれて破壊できるかもしれないと、陶子は考え、そして首を横に振ってこれを否定した。そもそも窯の温度の維持は、陶工が器に命を与えるという意味を持っている。安易に陶工がその場を離れるはずがない。己の技法が外部に漏れるのを恐れ、誰にも作業を手伝わせることのなかった秋霜ならば、なおさらのことだ。

考えられる限りの可能性を挙げ、そしてひとつひとつ否定していると、突然、

「宇佐見さんは、土には大きく分けて二つの種類があることをご存じかしら」

理津子が歌うようにいった。首を横に振ると、

「陸にできる土と海にできる土です。何億年という長い年月をかけて地形が変化し、かつて海であった部分の土も、陸で採取することができる。けれど二つの土には決定的な違いがあるんです。海でできた土には、硫黄と塩分が結合してできた硫酸ソーダが含まれているんです」

「その話なら聞いたことがあります。海でできた土は、高火力に弱いという」

「硫酸ソーダは千五十度あたりまで温度が上昇すると、急激な膨張を始めるのです。いかに低火力で焼成される萩焼とはいえ、どうしても千二百度前後の火力で器を洗わなければならない。するとどうなると思います？」

陶子は、その時に窯の内部で起きた現象を正確に理解した。

理津子は、轆轤にかけられる前、つまり荒練り・菊練りの直前の土に硫酸ソーダを混ぜておいたのである。萩焼の素焼きは七百度前後であるから、このときは硫酸ソーダはなんの反応も起こさない。釉薬が塗られ、本焼きの窯に入って初めて壊滅的な効果をもたらすのである。

「どうしてそんなことをする必要があったのですか」

「だって見苦しいじゃありませんか。土が無くなったから秋霜を引退するなんて。あの人は結局、秋霜の名を貶めることに我慢がならなかったのです。命の土が枯れ果て、二度と再び秋霜萩を作ることができなくなった自分を世間が見限る前に、秋霜そのものを現実の世界から消そうとした。それが許せなかっただけ」

「許せなかった？」

「彼は死ぬまで秋霜でなければ。たとえ汚名を被ってでも、秋霜であり続ける必要があった。汚泥に身を沈めて、もがき苦しまなければ」

なにもかも捨てて、作陶をやめてしまった弦海の半生があまりに惨めすぎる。言葉にならない言葉を発しながら、やはり理津子は笑顔を崩さない。その顔のまま、客間に戻りましょうといった。

工房を出ると、すでに日は落ちきっていた。

理津子の所業に、秋霜は激怒した。それは彼の心臓の病を一気に悪化させるほど、激しい感情の奔流であったという。が、間もなくそれは止んだ。

「その代わりに秋霜は、恐ろしい復讐《ふくしゅう》を思いついたのです」

「それが、もしかしたら《魂霜》と名付けられた遺作の茶碗」

秋霜は、妻の理津子が多額の遺産を引き継ぐに当たって、その茶碗を使って月に一度の茶会を開くことという条件を付けた。

いつの間にか夜風が冷たくなっている。にもかかわらず、障子を開け放ったまま、理津子は話を続けた。先ほどの天袋から、また別の桐箱を取りだした。

「あの人は土に硫酸ソーダが混じっていることをすぐに見破りました。そしてわずかに残った土で、千度以下の超低温焼成を試みたのです」

「それが例の茶碗でしたか」

理津子が取りだした桐箱に「魂霜」の銘がはっきりと見て取れた。

「でも、そこには恐ろしい仕掛けがありました」

「仕掛け？」

「萩焼は七たび変化します」

それを萩焼の七化けと呼ぶことは陶子も知っている。

「秋霜は、仕上げの箆《へら》のあて方と、そして釉薬の使い方によって七化けを自由に操ることができたのですよ」

桐の箱を開けると、無残に破壊された陶片、かつて茶碗であったものの欠片《かけら》が入っている。上蓋を理津子はその横に置いた。

陶子は、上蓋を見てふと違和感を覚えた。文字の墨跡が、少々おかしい。二つの漢字のそれぞれ一部が、薄く消えかかっている。意識の中で、そこの部分を完全に消し去ってみた。そして、瞬間的に秋霜の企みを理解した。

「彼は七化けを自由に操ることができたといいましたね」

「かなり正確に模様を出すことができました」

「そういうことですか」

「そういうことです」

繰り返し行われる茶会。そのたびに魂霜の茶碗の貫入には茶の成分が染み込んでゆく。いつか秋霜が思い描いた模様が現れたとき、人々は箱書きされた銘にも変化が現れることに気づくはずだ。

ようやく陶子は、弦海がなにを考え、ツルさんは止めたかったのですね」

「茶碗と、そして箱に現れる変化をツルさんは止めたかったのですね」

きっと、茶碗には、凄《すさ》まじい形相が現れる仕掛けになっていたのだろう。秋霜の怨念のこもった形相。人々をして、暗い疑念を抱かさずにはおかない凄惨な男の顔。それは秋霜の怒りの形相だ。だが、遺言がある限り理律子は茶会をやめることはできないのである。

「わたし……茶碗を壊すことができなかった。どれほどの怨念が込められていても、やはりあれはいい茶碗だったから」

人々の間に噂になり、やがて怨念の茶碗と呼ばれて理津子を苛《さいな》むことがわかっていても、彼女はそれを捨てられなかった。

「だから、かわりにツルさんが」

「秋霜の怨念は、俺が連れて行ってやるって」

そして自ら命を絶つことで「どうして茶碗を破壊しなければならなかったのか」という、理津子の周囲に当然のようにわき上がるであろう疑問を、封印してしまったのである。

茶碗を割ってしまったのは自らの不始末。先の短い命で、その罪を贖《あがな》うと、わざわざ遺書まで残したのはそのためだ。

上蓋の「魂」の文字の左の部分を、陶子が指で隠した。

「霜」の雨冠を理津子が、同じく隠した。

鬼相。

これこそが茶碗の真の銘であった。

「ツルさんには……例の贋作茶碗のこともすべて話されたのですね」

「はい。彼は、なにもかも承知の上で」

「陶工を続けなかったことを、彼は後悔していましたか」

「いいえ。『今の俺には関係ない』と、一言だけいって」

残された最後の命を、理津子のためだけに使って、弦海は鬼相の碗をたたき壊したのである。それが救いになるとは思えなかったが、少なくとも弦海にとっては、満足な結果であったことは間違いない。

理津子にしても、これまで誰にもいえなかった秘密を陶子に明かすことで、罪の意識から幾ばくかでも解放されるのではないか。いつの間にか取り外すことのできなくなっていた笑顔を消し去り、弦海礼次郎のために正真物の涙を流してやることができるのだと、陶子は思いたかった。

陶片の一つを取り上げ掌に握りしめると、ほのかな熱量を感じた。

「……温かい」

陶子の言葉に、

「だって、それには秋霜の《思い》が込められていますから」

といった理津子の表情は、すでに夕闇に覆われ、読みとることはできなかった。

「永久《とわ》笑み」の少女

一

『前略。初めてお手紙を差し上げます。町澤《まちざわ》先生のようなご職業だと、こうした手紙は決して珍しいことではないのでしょうね。わたしもまた、先生のお作品に感動し、無礼を顧みずに筆をとった次第なのです。といっても、実は先生のすべての小説作品を読んだわけではありません。その非礼を先にお詫《わ》びせねばなりませんね。先生が半年ほど前に小説誌の《k》に発表された八十枚ほどの……。

いや、それよりも、まずは自己紹介が先でした。

わたし、宇佐見陶子《うさみとうこ》と申します。世田谷区で小さな骨董《こっとう》業を営んでおります。骨董業といっても旗師《はたし》といいまして——先生は旗師という職業をご存じでしょうか。我々は店舗を持たずに競り市から競り市へ、また、他の骨董店から骨董店を渡り歩いて品物を仕入れ、流通させるバイヤーのような存在なのです。骨董の世界は、ひとによっては魑魅魍魎《ちみもうりょう》の住処《すみか》と表現されることがあることをご存じですか。物の真贋《しんがん》のみならず、美意識の相違、作り手と受け手の執念の交錯といったことが、たった一つの器物に込められ、そしてそれが金額という価値によって表現される世界といっても良いでしょう。時に悲劇が、時に喜劇が、綯《な》い交ぜに流れて人々を押し流してゆく。そうした光景が日常的に観察される世界でもあります。

あるいは、先生の小説の題材になるやもしれません。いつかもっと詳しくお話しする機会があれば、とも思うのですが、今日こうして筆をとらせていただいたのはそれが目的ではありません。まったく関係がないとはいえないのですが……そのことについては、順を追ってお話しすることにいたします。

わたしが先生の作品に初めて接したのは、ほんの三カ月ほど前のことでした。先ほども少し触れましたが、先生が半年ほど前に発表された「永久笑み《とわ》」という作品を、たまたま図書館の雑誌コーナーで読み、その凄《すさ》まじいばかりの作品世界に圧倒されてしまったのです。あれは連作のシリーズなのでしょう。だってタイトルの前に「異説・日本霊異記」というシリーズ名がつけられていましたものね。

「第四　聖徳の皇太子の異《あや》しき表《しるし》を示《あらわ》し縁《ことのもと》」

と文頭にある一文、あれが《日本霊異記》の元の文章なのですね。それを町澤先生が作家の感性と想像力とで異色の解釈を施し、そうしてまったく別の作品に仕上げたのが「永久笑み」なのでしょう。実に素晴らしい作品でした。わたしは決して読書家というわけではありませんが、本当に久々に上質の小説を読んだ、という気になれたのです。衝動的に本屋へと走り、文庫本で《日本霊異記》を三冊買い求めてしまったほどです。

先生の御作の基本となった物語は、聖徳太子の聖者としての奇跡を伝える内容でしたね。あるとき道ばたで出会った物乞いが、実は太子同様聖者であることを、聖者であるが故に看破する話です。物乞いが死んだことを聞きつけた太子は、彼の遺骸を丁寧に祀《まつ》らせ、崗本《おかもと》の村の法林寺の東北、守部山に墓を作って安置するのです。ところが後日、太子の従者が墓の中に入ってみると、そこに彼の者の遺骸はなく、かわりに太子に感謝する意味の歌が残されていた。

素晴らしいのは、従者が墓の中に入ったときの描写です。わたしはこれほど抑制の利いた、そして美しい描写をかつて知りません。

「果たして夏の季節に雪は降りうるものか。降るはずがない。けれど従者はそこに紛う方なき雪景色を見たのであった。薄く雪を刷《は》いたような室内には、死の世界を超越した法悦の気が満ち満ちている。白い、そして淡い色彩のみが従者の眼窩《がんか》深いところに染み込んでいった。これはいかがしたことか。これこそは太子の申された奇跡の有りようなのか。白い静謐《せいひつ》の中で従者は立ち竦《すく》むのみであった。しかも奇跡はこれに留まらなかった。柔毛《にこげ》にも似た白い物体に触れようとした刹那、雪景色はたちまち色褪《いろあ》せ、そこには無機質な石の面が、従者の無為を責め、嘲笑うように現れてきたのである。」

こうして先生の文章を書き写すだけで、感動がまた新たになる思いがいたします。やがて従者は、目の前から失《う》せようとする雪景色の中に、聖徳太子の永遠の笑みと、たぶん同じ笑みを持つであろう聖者の顔を見いだすのでしたね。白い静寂の世界。見ることができようはずのない夏の雪景色。これを幻想的といわずしてなんといえばよいのでしょうか。

作家の想像力とは、このような表現を生み出すことも可能なのだ、わたしはそこに感動を覚えたのです──』

そこまで書いて、宇佐見陶子は万年筆をいったん置いた。長い文章など久しく書いたことがなかったし、たまに短いものを書いてもコンピュータを使うことが日常的になっている。あえてそうしなかったのは、手紙の文面から作為の匂いを消すためだ。

──作為……か。

デスクの端で汗をかくオールドファッションドグラスを取り上げ、陶子はその中身を一口分、舌の上に転がした。アマレットの微《かす》かな香りが、遠い昔に飲んだせき止めシロップの記憶を、なぜか甦《よみがえ》らせた。

「作為どころじゃない」

言葉にしてみたが、皮肉な笑みを浮かべる気にもならなかった。陶子が書こうとしている手紙は、欺瞞《ぎまん》の匂いに満ちている。そのことを誰よりもよく知っているのは、陶子自身に他ならない。

町澤泰之《やすゆき》はデビュー八年目の中堅作家で、これといった代表作もないかわりに作風が安定しているためか、ほとんど小説を読まない陶子でも、時に名前を小説誌の広告で見かけることがある。手紙には三カ月前に初めて町澤作品を目にしたと書いているが、実際のところは二週間前、ようやく探し当てた小さな小説誌で、彼の「永久笑み」という作品をたった一作読んだにすぎない。また、わざわざ作品の一文を抜粋してまで賞賛の言葉を書き連ねたが、これがよい文章なのか否か、陶子には判断のしようがない。ただ、「永久笑み」という言葉に、それが日本語として存在するか否かとは別のところでこだわるのみだ。

部屋のどこでもない場所に視線を泳がせながら、陶子は呟《つぶや》いた。

「そう。永久笑みという言葉はないかもしれない。けれど永久笑みは実在する」

三カ月前に出会った男に関する、記憶の中に。

口唇を少し歪《ゆが》め、応接セットのテーブルに鎮座する埴輪《はにわ》に目をやった。

高さ四十センチ。台座に腰掛けた女性像は、手に琴とも打楽器ともとれる器物を抱いている。素朴な曲線を刻んだ貫頭衣《かんとうい》は特別な礼服ではなく、日常的に当時の女性が着用していたものかもしれない。そうした眼で見れば、頭部の髪飾りがやや貧弱であることも納得できる。

なによりも、その表情である。

竹べらを使い、素朴な手法で目と口とに相当する部分をえぐり取っただけの女性の相貌は、明らかに笑みを表現している。人形には作り手、持ち手の情念が宿り、光の加減によって千差万別の表情を作るといわれるが、この埴輪にはそうした業の深さ、曖昧《あいまい》さが一切ない。誰が、どこからどう見ても、埴輪の女性の面にあるのは笑み以外のなにものでもない。凝視しているだけで、自然と胸の裡《うち》に染み込むような素朴な笑み。これこそが永久笑みであると、陶子は思う。

再び万年筆を取り上げ、手紙の続きを書き始めた。

『――なによりも。わたしは永久笑みという言葉そのものに感動いたします。これは先生が想像力で作られた言葉なのでしょう? 美しく、人の胸に既存のどの言葉よりも深く刻みつけられる響きを持っているではありませんか。

どうしてこの一言にこれほど惹《ひ》きつけられるのか、先生にお判りいただけますでしようか。実はそのことをお伝えしたくて、この手紙を書いているのです。

数カ月前になりますが、一体の埴輪を入手いたしました。突然埴輪の話など持ち出して、おかしな手紙だとお思いでしょう。けれど、もう少し我慢しておつき合いくださいませ。やがて先生もきっと興味を持たれるにちがいありません。

この埴輪がわたしの元に持ち込まれた経緯については、後にお話しいたします。

お伝えしたいのは、埴輪に接した瞬間の、感動、ときめきといった心の高ぶりなのです。高さ四十センチほどの女性――わたしには少女のように思えてなりません――像ですが、なにかの楽器を手にした彼女は、明らかに微笑《ほほえ》んでいるのです。ゆうに千五百年以上の時を超えて、彼女はわたしに微笑みかけています。稚拙《ちせつ》な技術、飾り気のない風合い、けれどその笑みの中には確実に「永遠」という言葉が込められているのです。

先生の作品、ことに「永久笑み」という言葉に惹かれた理由が、少しはご理解いただけたでしょうか。わたしは埴輪を「永久笑みの少女」と名づけることにいたしました。

勝手にそのようなことをして許されるはずがない。たぶん、先生はそう思われたことでしょうね。博物館や美術館で見ることのできる埴輪には、皆それぞれに名称が与えられております。部外者が勝手に名前を作ることなどできようはずがないと、お考えになるのはもっともなことです。けれど、この埴輪に関しては、それが許されるのです。埴輪は、我々の世界の言葉で「ウブい」と呼ばれる品物です。これは、同業者の手がほとんど触れていない、つまり、骨董の世界の流通にほとんど乗ったことのない商品を意味しているのです。もっと厳密にいえば、埴輪は掘り師と呼ばれるある人物が、関東の某所から掘り出してきたばかりの品物なのです。

そんなことが果たして許されるのか？　先生は新たな疑問を抱かれたことでしょう。それをご理解いただくためには、もう少し詳しい説明が必要かと思われます。古墳と、無許可・非公開の発掘、一般的には盗掘と呼ばれる行為、双方の関係について――』

「掘り師」という言葉を文字にしたとき、陶子は一人の男の顔をはっきりと思い浮かべていた。三カ月前に出会った男である。その男の顔にも「永久笑み」といってよいかもしれない、不思議な笑みが常時貼りついていた。

――けれど今はもう、記憶の中でしか見ることのできない笑み。

埴輪――少女像――に刻みつけられた笑みと、記憶の中の男の笑みとが、陶子を今突き動かしている。

二

まだ夏の熱気を色濃く残したまま、それでも暦だけは初秋を告げるある月曜日だった。川崎で行われた競り市から戻ってきた陶子の手には、その日の戦利品が厳重な風呂敷包みとなって抱えられていた。

薩摩切子《さつまきりこ》の碗が一対、それに、古伊万里の比較的状態の良い絵皿が、適正な価格で手に入った。適正とはすなわち、無理をせずとも十分な価格で流通させることができ、なおかつ陶子の手元に正当な利益を生んでくれる価格、ということである。

高揚とまではいかなくても、かなり軽やかな気持ちを抱いたままマンションに戻った陶子は、部屋のドアの前に、蹲《うずくま》った男の姿を認めた。

――……!?

蹲っているのではなかった。でっぷりと肥えた、というよりは限りなく球体に近い体格の小男が、ドアの前に立っているのである。一人暮らしであることを考えれば、決して安心してよい状況ではない。ましてや陶子は仕事柄、常にまとまった額の現金を所持している。この日も仕入れ額を差し引いて、約六十万円ほどがセカンドバッグの中に入っていた。

にもかかわらず、不思議なほどに緊張感を覚えなかったのは、男の顔に貼りついている笑顔のせいかもしれなかった。えびす顔とはまた違う微かに含羞《がんしゅう》の混じった笑み、見るものをしてどうしようもなく懐かしい気持ちにさせる笑みが、陶子の警戒心をごく自然のうちに弛《ゆる》めたのである。

「冬狐堂《とうこどう》さんですな」

「はい、宇佐見陶子です。あなたは？」

年の頃は六十歳をとうに越えているようだ。

宇佐見という名字ではなく、「冬狐堂」と呼んだことから、老人が同業者、あるいはそれに近い人種であることが判った。

「ちょっと、見ていただきたい品物がありましてなあ」

「どうして、わたしの所に」

「そりゃあ、この世界ではあなたは有名人だ。冬の狐はクサんだ餌を決して啄《ついば》まねえ。しかも発掘物にはとびっきりの目が利く上に……」

「目がないということですか」

「おまけにえらい別嬪《べっぴん》さんだという噂を聞きつけたら、一度は会ってみてえと誰しも思うわさ。なあ、そうでしょう」

そういって老人が、手にしたボストンバッグを軽く叩いてみせた。その容量から、品物がある程度の大きさであることを陶子は素早く推し量った。「クサんだ」とは、贋作《がんさく》および状態の良くない二流品を指す隠語である。そうした言葉をさりげなく遣うことからも、老人がこの世界の住人であることは確かなのだが、

――だが、どこかまとった空気が違うような。

奇妙な違和感を陶子は覚えていた。

「お名前をお聞かせ願えますか」

この場合の名前とは、屋号を指している。すると老人は一瞬の躊躇《ためら》いをみせた後に、小鼻のあたりを幾度か引っ掻《か》いて、

「……そうですなあ、とりあえず《古狸《ふるだぬき》》……とでも名乗っておきましょうか。あなたが狐《きつね》ならわたしは狸。それよりもとりあえず物《ブツ》を見ちゃあ、いただけませんかな」

笑みを絶やすことなく、しかもうむをいわさぬ口調で《古狸》と名乗った老人がいった。それがまた、陶子の判断力を鈍らせた。古物の取引に限ったことではないのかもしれないが、相手のペースに無策のまま乗せられるということは、そのまま手酷い火傷《やけど》を負わされることを意味する、というのが業界の常識である。

それでも陶子は「発掘物」という一言が持つ誘惑に抗《あらが》うことができなかった。

骨董業者には、それぞれテリトリーとでも呼ぶべき守備範囲が存在する。書画なら

誰それ、伊万里に関しては青山のこの店が一流品を取り扱っているといった具合に、互いの領分を探り合い、時に浸食をしながら業者はこの世界のそこここに棲息《せいそく》している。守備範囲といえば聞こえは良いが、同時に得意分野であるからこそ目利きに曇りを生じがちなのが、この世界の常でもある。

老人の笑顔に催促されるように、陶子は彼を室内に招き入れていた。

紅茶を用意しながら、リビングのソファーに座る老人をそれとなく観察すると、先ほど来の違和感がますます強くなるのを感じた。なにを取り出すのかと思えば、内ポケットからのぞいたのはなんとも古風な煙草《たばこ》入れのセットだった。無論、紙巻きではない。刻み煙草を煙管《きせる》に詰め、取り出したマッチで火皿に点火する。すっと糸のように立ち上る煙に陶然としたかと思えば、わずか二口で火皿の中身を灰皿へとあける。そうした動きの一つ一つが、小憎らしいほどに様になっているのである。

——あの顔……どこか見覚えがあるような気が。

作業は手先の慣れに任せて、陶子は古い記憶をできうる限り掘り起こそうと試みた。だが、老人の顔に相当する記憶は、どうしても見つけることができなかった。

「お待たせいたしました」

「いやいや、構わんでください、といってももう用意ができておりますな。では遠慮なく」

人を食ったような台詞《せりふ》をさらりといってのけ、けれど笑顔は決して崩すことなく狸老人がカップに手を伸ばした。

「では、拝見させていただきましょうか」

「結構なお住まいですな。さすがは狐の異名をとるだけのことはある。そちらにあるのは商売物を保管するストッカーですかな」

視線の先には、ウォークインクローゼットを改造して作ったストッカーがある。それを一目で見抜いた慧眼《けいがん》に、いささかの狼狽《ろうばい》を覚えた。

「よくおわかりで」

「ただの当てずっぽうですよ。まあ、無駄に年を食っていれば、それくらいの勘が……多少は、ねえ」

「品物を見せていただけますね」

催促すると、老人が「はい、はい」と笑みを一層柔らかくしてボストンバッグに手をかけた。中から紫紺の風呂敷に包んだものが現れる。長方形の包みをテーブルに立てておいた、その手に陶子は意識を集中させた。

老人の指先は皮膚が完全に角質化し、すべての爪が指先の肉に食い込んでいる。それはすでに人間の所有物ではない、なにかの道具のようにも見えた。

——この指は！

その刹那に、陶子は老人がどのような人種であるかを嗅《か》ぎ取った。包みの結び目に手をかけた指を「待ってください」と止めたのは、ようやく陶子の警戒心が最大限の働きを始めたからに他ならない。

「どうかされましたか」

「間違っていたら申し訳ありません。あなたはもしかしたら掘り師ですね」

手を止めた老人が、笑顔を貼りつかせたまま、

「だったら、どうなさいますかねえ」

掘り師は古墳などを発掘し、そこから出土した遺物を骨董業者に売り捌《さば》くことを生業《なりわい》とする裏の住人である。無論彼らの所業はすべて非合法、だからこその裏の住人なのである。骨董業者の中には、掘り師のみならず贋作者、盗難品専門のバイヤーといった連中と知りつつつき合いを絶やさない人間が、いないではない。

「あなたが掘り師だとしたら、わたしは」

風呂敷の中身を見ることはできない。少なくともわたしは、そのような種類の業者ではないという前に、老人の指が風呂敷の結び目を解いていた。

陶子は「あっ」と声をあげ、意識を固化させた。

部屋に満ちた空気の質まで変わったのかと思った。冷気が生じ、凝縮されて次に熱情が弾けた。土色の人物像、その遥《はる》かな時を超えた笑みに魅入られたときから、陶子

が持っていたはずの理性も警戒心も、きれいに霧散していた。完全体といっても良い保存状態の、埴輪である。

「これは……」といったまま、言葉を継ぐことができない時間が無為に過ぎていった。

「いかがですかな、あなたの見立ては」

そういわれて、初めて呼吸を忘れていたことに気がついた。

「筋の良いもの……だと思います」

再び老人のペースにはまっていることを意識しながらも、陶子は埴輪から目が離せなかった。これを所有し、いつまでもこの笑みに触れていたいと、陶子の美意識が囁《ささや》くのである。わずかに残った理性の残滓《ざんし》が、埴輪につけるべき値と、そして銀行の口座に残された残額とを計算し始めた。

「いかほどの値を付けていただけますか」

「どれほどならば譲っていただけますか」

「値を付けるのは、そちらが本筋でしょう」

こうしたやりとりを幾たびか繰り返すうちに、陶子の中にようやく冷静な本来の陶子が目を覚ました。

「これは、ごく最近の出物ですか」

「さあ、それは、ちょっと」

「出土場所は？」

「お聞きにならん方がよろしいでしょう。お互いのためにも」

「そうはいっても、これだけの品物です。出土場所が不明ではおいそれと捌くことはできません」

「ほお！ これを捌きますか」

そういわれて陶子は、耳の後ろに熱いものを覚えた。

旗師は、常に自己の中に矛盾を抱えていなければならない。物《ブツ》の良し悪しを判断する眼とは、愛着心と言い換えることができる。物《ブツ》に惚《ほ》れ込む眼は、執着心の別表現に過ぎない。コレクターの眼と商売人の理性をいかにバランスよく持つことができるかが、優秀な骨董業者の証明でもある。

いくら気に入った品物でも、それをいつまでも収蔵していたのでは、たちまち商売が立ち行かなくなる。それこそが矛盾の正体なのだ。

「もちろん、そのつもりです。わたしは旗師であってコレクターではない」

硬い言葉遣いで決意の一言を口にするまでに、しばらくの逡巡《しゅんじゅん》を必要とした。

「なるほど。やはり噂通りのお人でしたな、あなたは。ならば、旗師としてあなたには為さねばならないことがおありのはずだ」

老人が、言葉の重みを確かめるようにゆっくりといった。

陶子の耳の奥で、己を蔑《さげす》む声が聞こえた。空耳ではない。

——わたしは旗師として失格だ。こんな基礎的なことを……忘れていたなんて。

発掘物を取り扱う上で、なによりも大切なことはその真贋である。発掘物には普通以上に大きなリスクが伴う。昭和二十五年に施行された文化財保護法によって、この手の品物の取り扱いについては、厳しい規制が課せられている。その結果、精巧な偽物が市場に溢《あふ》れることになったとは、皮肉としかいいようがない。たとえ自分の審美眼が正真物であると告げたとしても、判断のすべてを委ねて良いということにはならないのである。ことに埴輪に関しては、製作技法そのものが単純であるだけに、より正確な真贋鑑定が要求される。

——でも……なにかがおかしくはないか。

陶子は、また別の声を聞いていた。

老人は、明らかに鑑定を求めている。それほど自信のある品物なのだろう。たとえ専門の調査機関が、あらゆる科学鑑定をかけても揺るぎない、正真物であるという自信の表れと取れなくもない。だが、それだけではないと、陶子の理性が告げているのである。

「調査機関への鑑定は、もちろん依頼するつもりです。よほど真贋に自信がおありなのですね」

「さあ、掘り師は所詮は山師の親戚ですよ。余り信用をおかない方がよろしいでしょう」

「わたしもプロの端くれです。十分に心得ております」

「失言でしたな、お許しください」

「しかし、完璧な鑑定を行うとなると」

「もちろん、相当な時間が必要でしょう。ことに埴輪の場合は、熱ルミネセンス鑑定法が使えない場合がありますからな」

「………!?」

老人の口から出た科学鑑定法の名が、陶子に少なからぬ衝撃を与えた。

埴輪の組成成分にわずかでも磁石が含まれていれば、熱ルミネセンス鑑定法を用いることができる。これは磁石に含まれる石英の放射性物質、そこに蓄積されたエネルギー量から製作年代を割り出す鑑定法だ。ただし老人の言葉の通り、これは主として陶磁器の製作年代特定に使われる鑑定法で、埴輪からは、磁石が検出されないことも多い。

もっと逆説的な鑑定法もある。贋作師も製作者である以上、彼らの手法にはそれぞれある種の《癖》が存在する。あらかじめ偽物と鑑定された品物に刻み込まれた手法上の特徴を徹底的に分析し、適合する癖があるか否かを調べるやり方である。

「鑑定結果が出るまでは、ひと月でもふた月でもそいつをお手元に預けておきましょう」

そうした鑑定を好きなだけかけても構わないと、老人はいっているのである。

「本当によろしいのですか」

「ええ、構いませんよ」

「これほどの良品を、わたしも初めて見ました。その意味はおわかりですね」

「重要文化財あたりに指定されかねないと？　ええ、結構ではありませんか。国が購入してくれるなら、これに勝る幸せはない」

「そうなると、出土場所が厳しく追及されることになりますよ」

文化財保護法が制定されてからもしばらくは、掘り師達の活動が黙認されていた時代がある。高度経済成長時代、日本のあちらこちらで大型の土木工事が行われていた頃のことだ。建設業者にとっては、古墳や遺跡などといったものは、自分たちの飯の種を奪う邪魔物に過ぎなかった。下手に役所に報告をすれば、発掘調査の名の下に工事を中断しなければならない。時には工事そのものが中止の憂《う》き目を見ることもあったから、彼らにとっては遺物の出土は鬼門でさえあった。こうしてどこにも報告されることもなく、古墳や遺跡が密《ひそ》かに破壊された時代、掘り師は確かに犯罪者ではあったが、考古学上の功労者でもあったのである。

しかし、時代は変わった。そのことを告げても、

「そうですなあ、では文化財保護法の施行以前に掘り出され、さるコレクターが秘蔵していたことにでもいたしますかな」

老人の飄々《ひょうひょう》とした笑顔と口調は変わらなかった。

「問題はまだあります。先ほどから観察していて気づいたのですが、この埴輪にはほとんど傷らしい傷がありませんね」

「だから、偽物であると鑑定されかねないと？」

「ええ。発掘品である以上、鍬《くわ》などによる器物破損があるのが当然でしょう」

「それは……」

老人は弱点をつかれて口ごもったのではなかった。その笑顔に微かな凄《すご》みをたたえ、

「せっかくのお宝に傷をつけるなんてのは、素人のやることでしてね。わたしらはこれと目星をつけたら、小さな鎌一丁で掘り出すのですよ。それも周辺からそろり、そろり、とね。お宝に辿《たど》り着いたら、そこからは手掘りです。だから」

そういって差し出された老人の手指に刻まれた、凄まじい痕跡《こんせき》の意味を、陶子はようやく理解した。

その瞬間、陶子の中に一つの名前が浮かび上がった。かつて伝説の掘り師とまで呼ばれた男の名である。

「けれど、鑑定人があなたのその手を見るわけではありません。そもそも鑑定人は、情状を考慮するということがありませんからね」

男の名前を確認するために、わざと言葉遣いを硬くした。

「それもごもっとも。ならば、仕方がありませんなあ」

「ましてや発掘者が《古狸》などというふざけた名前では」

「まったく、あなたは性悪なお人だ。せっかく儂《わし》が姓名を伏せておこうとしているのに」

「本当にそうでしょうか」

名前を隠しておきたいなら、偽名を使えばよい。《古狸》などと称するのは、もしかしたら逆の意図があるのではないか。言葉の裏にそのような意味を滲《にじ》ませながら、陶子は、

「違いますか。掘り師・重松徳治さん」

といった。老人からの答えは揺るぎない笑みのみだったが、陶子は推測を確信に変えた。

重松徳治。《掘り徳》とも、《毛抜き重松》とも呼ばれた掘り師である。無論、彼がその伝説的な発掘技術を駆使した時代を陶子は知らない。毛抜きとは、発掘物に傷一つつけずに掘り出す技術が、まるで毛抜きを扱うようだと噂されたことから付いた名

であるという。狸老人が伝説の掘り師であることは確信したが、また新たな疑問が浮かんだ。

「しかし……どうして今頃になって」

伝説という言い方が大袈裟《おおげさ》ならば、亡霊と言い換えても良い。そんな重松徳治がどうして今頃になって甦《よみがえ》る必要があるのか。そう問うと、初めて重松の笑顔に困惑らしきものが滲んだ。

「まあ、人にはいろいろと事情があるものです。そこのところはどうか」

広い額を二度三度、はたきながら「ご配慮ください」といわれると、陶子はそれ以上追及することができなかった。追及そのものが無駄に思えてきたのである。それよりも、遠い昔の噂しか耳にしたことのない、掘り師の仕事に接する喜びと好奇心とが、陶子を満たしていた。

三

『──わたしの元に永久笑みの少女を持ち込んだ、重松徳治という掘り師について、お話ししておいた方がよいでしょうね。彼からはずいぶんと面白い話を聞かせていただきました。あるいは町澤先生の創作活動にもお役に立つかもしれません。

彼曰《いわ》く――掘り師でお金を稼ごうとするのは、正真物の掘り師ではないそうです。では、なぜ盗掘を生業にするのか。それは、表に出たい、誰かに見てもらいたいという発掘物の声を、聞き分けることができるからなのだそうです。ずいぶんと都合の良い言い訳のようですが、重松氏の掘り出した埴輪や鏡といった出土品の大半が、郷土の博物館や資料館に納められているそうですから、あるいはそれが真実なのかもしれません。

古墳の盗掘はかなり古くから行われており、江戸時代にはすでに、多くの古墳から遺物が持ち出されたそうです。中には明治の初年、堺県――のちに大阪に併合されます――の県令でありながら、その地位を悪用して仁徳天皇陵の盗掘まで行った、税所《さいしょ》篤《あつし》という人までいたとか。彼は出土品のすべてを自分の個人コレクションに加えたといいますから、重松氏がいうところの「正真物の掘り師」ではないのでしょう。

声なき声を聞く。だから彼は、奇跡的な技術をもってして、無傷のまま様々なものを掘り出すことができたのです。しかし、一方でその技術故に彼は多くの誤解を受けることにもなりました。完璧な発掘技術が、それらを贋作ではないかと世間に疑わせたのです。

わたしも重松氏が持ち込んだ埴輪を見て、同じ疑惑を抱きました。ですから、国立博物館の研究室に鑑定を依頼したのです。仕事柄、そうした人脈を辿ることは簡単でした。国立博物館には、様々な科学鑑定の機械と、優秀な研究者が揃《そろ》っております。結果として、埴輪は正真物であることが証明されました。ちゃんとした鑑定書も発行されたのです。しかし、最新の鑑定技術とは凄いものですね。埴輪が五世紀初頭に製作された物であることを証明したのみならず、それがどこらあたりの遺跡から発掘されたかまで、特定することができるのです。鑑定によれば、秩父《ちちぶ》地方のものではないかということでした。埴輪を作る技術者が当時は限定されており、そのために別の出土品と比較することで製作者と地域を類推することができるのだそうです。

鑑定を行ったある研究者は、これをすぐにでも購入したいと申しましたし、またある研究者は半ば脅すように、正確な出土場所をわたしから聞き出そうといたしました。といってもわたし自身、重松氏からなにも聞いてはいないのですから、答えようがなかったのですが。そして、彼の口から出土場所を聞き出すことは、今となっては不可能なのです。ひと月ほど前のことになりますが、重松徳治氏は、突然他界してしまいました』

手紙ではごくあっさりと書いたに過ぎないが、埴輪の鑑定には約二カ月ほどかかった。電話口で、やや興奮気味に「正確な出土場所が知りたい」といった研究者の声が、今でも陶子の耳に残っている。

その夜。まるで登場の機会を待っていたかのように、陶子の元を一人の男が訪れた。

「埼玉県警浦和署の、橋口です」

この世に面白いことなど一つもないといった仏頂面の警察官が、陶子にもたらしたのは重松徳治が死んだという報せであった。

「重松氏が、亡くなった？」

事故か、病気か、それとももっと別の原因があったのかと問うと、橋口は表情一つ変えずに答えた。

「事故……でしょうな。十日ほど前の新聞をお読みになりませんでしたか。ああ、遺体発見当初から事件性がほとんどなく、地方版に三行記事が載った程度だったから無理もないか」

「事故というと」

「湯船で溺死《できし》したんです。相当に酒を飲んでいたようで。老人には比較的多い事故なのですよ。発見者は隣の住人です。朝だというのに、重松徳治宅の浴室の窓が不自然に開いているのを不審に思って、のぞき込んだところ」

湯船に顔を沈めたまま絶命した、重松徳治を発見したのだという。

「相当に酒を飲んで」という言葉に、陶子は重松が訪ねてきた夜のことを思い出した。埴輪を預かることを承諾した後、なぜだか陶子は重松の酒の相手をすることになった。

どちらが言い出したわけでもない。ごく自然に陶子は冷蔵庫に保管してあった吟醸酒を取りだし、重松に勧めていたのである。

——飲むほどに陽気になる、そして、周囲を陽気にする酒だったな。

掘り師は、いわば裏の稼業である。けれども重松は、自分の仕事によほどの誇りを持っているのか、これまで掘り出した逸品の数々、そして掘り師という仕事の詳細まで、身振り手振りを交えて語ってくれた。終《しま》いには、陶子が望むなら自分の持つ技術のすべてを伝授しようとまで、言い出した。どこまでが本気で、どこまでが過ぎた饒舌《じょうぜつ》なのか判断のつかない、不思議な酒に陶子も気持ちよく酔った。それが初対面であり、初めて杯を酌み交わす間柄であることも、忘れかけたほどだ。

いつの間にか冷蔵庫の酒がすべてなくなり、ワインクーラーに入れてあった赤のボトルが三本空いたところで、「では、そろそろお暇を」と、重松は立ち上がった。すでに夜が白々と明けようとしていたが、それでも彼の足取りには一分の乱れもなかった。その重松が湯船で溺死したことに一抹《いちまつ》の疑念を抱くと、今度は橋口という警察官の来訪そのものが不審に思えてきた。

橋口によれば、重松の死は事故であることがほぼ確定しているという。ならばどうして陶子の元を訪ねてきたのか。また、警察官が捜査に当たる際は、必ず二人一組で行動するのではなかったか。ずっと以前に関わりのあった、練馬署の刑事はそうしていた。

「橋口さんは、どうしてわたしのところへ?」

と、訊《たず》ねると、橋口の口元に初めて笑顔めいたものが浮かんだ。あるいは唇を歪めてみせただけかもしれない。

「事件性もないのに、ですか。実は、重松の爺《じい》さん愛用の文机《ふづくえ》の引き出しに、書きかけの手紙が残されておったのですよ」

「手紙ですか」

「礼状のようです。先日は突然邪魔をして済まなかったとか、おいしい酒をご馳走《ちそう》になっただとか、書いてありましたよ。その中であなたのことを《冬狐堂》と呼んでいたことが、奇妙に引っかかりましてね」

「なるほど」と、陶子は頷《うなず》いた。橋口は重松の稼業を知っているのだろう。そこから冬狐堂が、古物商であるとあたりをつけたのではないか。

——けれど、それだけではない。

直感がそう囁いている。先ほどからの橋口の口調が、二人の間に違法な掘り師と警察官という関係以上のものが存在していることを示しているように思えてならなかった。

橋口が、手紙の現物を取りだし、見せてくれた。確かに書きかけの手紙は、陶子に当てたものであった。その最後に不思議な一文を見つけて、陶子は首を傾《かし》げた。

「やはり、気になりますか」

「そうですね」

そこには、「冬狐堂さんには、一つお詫びをしておかねばなりません」と書かれているのである。続きはない。そこまで書いていったん筆を置き、続きを書く前に重松は絶命したのだろう。だが、重松に詫びを入れてもらわねばならない事情が、どうしても思い当たらないのである。不意に、「あの爺さんとは古いつき合いでしてね」と橋口がいった。どう答えて良いものかわからずに、曖昧に頷くと、

「あなたも骨董業者ならあの爺さんがなにをやっていた男か、ご存じでしょう」

「まあ、それくらいのことは」

「では、今の職業は？」と、橋口が続けた。ずいぶんといろいろ話をしたはずだが、重松の本業についてはなにも知らないことに気がつき、陶子は首を横に振った。

「埴輪や古代の鏡の複製ですよ。といっても違法な贋作ではない。博物館の展示や、学校の教材に使われるレプリカという奴です。ふざけた話でしょう、掘り師の本業が発掘品の複製だなんて。でも、爺さんの作る物は、他の誰の作よりも本物に近いと、評判でした」

贋作、レプリカといった言葉が脳裏を過《よぎ》っていった。

——まさか、あの埴輪が。

重松の書き残した「詫び」という言葉が甦り、一瞬の悪寒となって背中をすり抜けていった。無意識に首を振っていたかもしれない。

だが、専門の鑑定をクリアしたことを考えると、その可能性は極めて低い。なによりも、鑑定を強く勧めたのは重松自身ではないか。贋作師が専門の鑑定を勧めるなどという話は、聞いたことがない。

そこまで考えると、別の意味で橋口の来訪の理由がわかった気がした。

「なるほど、橋口さんは重松氏の掘り師という一面、そして複製作りの腕前と、わたしの骨董業という職業を一列に並べてみたのですね」

「いかにも、胡散臭《うさんくさ》そうな繋《つな》がりじゃありませんか」

「確かに。けれどもそれは誤解です。確かに重松氏はわたしの元に埴輪を持ち込まれました。しかしそれは専門の調査機関で本物であると鑑定されました」

「本当ですか」

そういわれて陶子は、ストッカーから例の埴輪を持ち出した。風呂敷包みの中には、国立の専門機関が発行した鑑定書が入っている。双方を見比べた橋口が、ふむと頷いた。

「すると、この線はないか」

そういったまま黙り込んだ橋口に、陶子は質問してみた。

「もしかしたら、橋口さんは重松氏の死の一件に不審感を抱いているのですか」

「わかりますか」

「けれど警察では、事故死とほぼ断定しているのでしょう」

「そうです。特に捜査本部も置かれてはおりません」

「だったらなぜ」

「爺さんとは、長いつき合いだといったでしょう。あの人の酒は陽気な酒だ。しかも決して泥酔することはなかった。けれど、酔って眠り込んだ所に注射器を使って、さらにアルコールを注入されれば、話は別です。ほんの二十ミリも動脈に入れば人間は昏睡《こんすい》状態に陥ります。あくまでもわたしの仮説ですがね」

「でも、その方法では痕跡が残るのではありませんか」

「十時間以上も湯船に浸かっていれば、肌は水分を吸いすぎてぶよぶよになります。そうなると針で突いた傷などは、まず見つけられんでしょう」

「それで、警察官としてではなく、個人として調査に乗り出した、と」

橋口が初めて驚いた表情を見せ、しばらくの沈黙の後、ぽつりぽつりと話を始めた。

かつては名人とうたわれた掘り師。そして今はまた名人と呼ばれる複製屋。二つの眼を生かして、重松は生活安全課の仕事に一役買っていたという。

「ははあ、警察に持ち込まれた盗難品の真贋を、鑑定していたのですね」

「わたしも、若い時分にずいぶんと世話になりました。なんだか、奇妙に気が合いましてね。頑固なくせして人懐こい。人を馬鹿にしているようで、その実、涙もろかったりして」

橋口の言葉は、重松という人間の本質を見事に言い表していた。それほど、人間的に深い繋がりを持っていたということなのだろう。

「ところが二年前にちょっとした不幸がありましてね。それ以来つき合いが遠ざかっていたのです」

「二年前の不幸、ですか」

「爺さんと一緒に暮らしていた孫娘が、突然失踪してしまったのですよ。その子の両親である息子夫妻は、十年近くも前に交通事故で他界しておりましてね。以来、天にも地にもふたりっきりの血縁者であった、綾子という娘さんが」

「二年前に失踪した」

「はい。当時二十三歳であった綾子さんが、なんの前触れも、これといった理由もなくいなくなりました。爺さん、半狂乱のようになって署にやってきましてね、孫娘をどうか捜してくれ、あの娘が失踪などするはずがないからと、捜索を願い出たのです」

けれど、家出人を含めて捜索願のでる人間は全国にごまんといる。いくら警察の協力者であるからといって、特別に捜索することはできない。やがて聞くに耐えない呪《じゅ》詛《そ》の言葉を残して、重松はぷっつりと連絡を絶ってしまった。

「ところが、です」と、橋口が言葉を強めた。

四

『――重松綾子さんについては、もちろんご存じですよね。二年前に失踪される直前まで、先生の事務所で秘書のような仕事をされていた、あの重松綾子さんです。彼女の失踪は、不可思議としか言い様のないものでした。

警察では、若い女性にありがちな家出として、ろくな捜索もしなかったようです。けれど、両親を十年前になくし、他に頼る親戚もいない彼女に、一体どこでどんな暮らしが待っているというのでしょうか。

短大を卒業した彼女が、先生の事務所で働くきっかけとなったのは、一通のファンレターだったそうですね。在学中に先生の御作に触れ、感動した彼女は長い長いファンレターを書いたのですね。当時のことを彼女は、数人の友人に話しています。先生からもらった丁寧な返事の手紙は、一生の宝物として大事にする、と。よほど嬉しかったにちがいありません。

周囲からも愛された女性でした。友人、知人すべての人が、彼女の笑顔に接するだけで気持ちが和らいだと語っています。あるいは彼女もまた、永久笑みの持ち主であったかもしれませんね。そんな綾子さんが、たった一人の肉親である重松氏をおいて、失踪などするでしょうか。

無論、重松氏も綾子さんのことを深く、深く愛していました。ただし、無骨な職人であった重松氏の愛情は、少々変わっていたそうですが。彼は、綾子さんに自分の掘り師の技能をすべて伝授していたそうなのです。これを変わっているといわずして、なんといえばよいのでしょう！

先ほど、「掘り師は声なき声を聞く」と書きました。あまりに抽象的な言葉ですが、ちゃんとした裏付けもあるのですよ。重松氏によれば、闇雲に掘り返したところで石室やその周囲の埋蔵物を見つけることなどできるはずもない。周囲の地形を正確に読み、その中心部がどうなっているか、とすればどのあたりに副葬品、埋蔵物が埋まっているかを見た目で判断するのが、優秀な掘り師の条件なのだそうです。

そうした技術を重松氏は小学生のうちから綾子さんに仕込んでいたのです。実際に何度か石室に入ったこともあるとか。もちろん、掘り師を引退してからの重松氏は、二度と埋蔵物を持ち帰ることはしなかったのですが。

綾子さんもまた、そうした重松氏の仕事に畏敬の念を抱いていたそうです。というよりは、掘り師の仕事そのものに、興味を抱いていたのです。おかげで彼女は、高校を卒業する頃には、「地形を一目見ればそこに古墳があるか否か、石室はどんな形でどの方向に延びているか、特殊な鋼線を使って石室の入り口がどのあたりにあるかがわかった。埋蔵物一つ掘り出すにしても、毛抜きとまで呼ばれた技術をすべて会得していた」と、重松氏が自慢げに話すほどの掘り師となっていたのです。ただし、掘り師の仕事を受け継いだ訳ではありません。その技術そのものが、二人を繋ぐ絆《きずな》だったのです。

あるいは彼女、先生にも掘り師の話をしたかもしれませんね。わたしの想像は間違っていますか。

そんな綾子さんが、どうして重松氏を一人おいて、失踪などするでしょうか。するはずがない。

それが周囲の人々が発する共通の言葉でした』

音信がすっかり途絶えてしまった重松徳治が突然、橋口の自宅に電話をかけてきたのは、半年ほど前のことだったという。

「それは、綾子さんの件についてですか」

陶子の問いに、橋口が首を横に振った。

「よくわからないのですよ。とにかく、会って話がしたいの一点張りで。ええ、もちろんこちらに異存はありません。それで近くの居酒屋で会うなり」

そういって橋口は、町澤泰之という名前に聞き覚えはあるか、と口にした。

「ええっと……小説家ではなかったでしょうか。作品を読んだことはありませんが、電車の吊り広告で何度かみかけた気が」

「その、町澤泰之ですよ。彼をマークしろと、言い出したのです」

「どうして、また」

「理由をいわないのです。綾子が失踪直前まで、町澤の事務所で働いていたという話は、ずっと以前から知っていたのですがね」

「つまり、彼女の失踪に町澤が絡んでいると、重松氏は考えた」

「普通は、そう考えるでしょう。わたしもそういって問い詰めたのです。なにか証拠を握ったのであれば、それを話してみろ、と。だが重松の爺さん、とにかく町澤を二十四時間マークしろとしかいわんのです。そんなことができるはずもありません」

だが、失踪直後の対応のまずさゆえに重松徳治からの音信が途絶えた経緯を考えると、橋口は拒否の言葉を口にすることができなかった。

「だから、なんとかしてみようと曖昧に返事をすると、爺さん喜びましてね」

「それが、最後になってしまったのですね」

無言で頷く橋口の目の奥に、癒しがたい後悔と慚愧《ざんき》の思いを見た気がした。だからこそ橋口は公務を離れ、個人の立場で調査をする気になったのだろう。

「半年前……町澤泰之……そしてわたしの元に持ち込まれた埴輪」

言葉にしながら、陶子は三つのパーツを繋ぐ糸を見つけようとした。正確に言えば三つではない。重松綾子の失踪というパーツを加えて初めて構図は成り立つのである。

「こういうことでしょうか。重松綾子さん失踪の鍵を握っているのが町澤泰之。そのことを重松徳治氏が知ったのが半年前。彼はその仮説を立証すべく、わたしの元に埴輪を持ち込んだ」

「どういうことですか」

「わかりません。ただ材料を繋げてみただけですが」

陶子の反応に失望したのか、橋口は埴輪を取り上げ、「どうしてまた」と誰にいうでもなく呟いた。その一言が小さなきっかけとなった。

「今、なんと仰有《おっしゃ》いましたか」

「え？」

「ああ。どうして重松の爺さん、やめていたはずの掘り師なんか始めたのだろう、とね。別に金に困っている様子はなかったし」

「それです！　わたしもそのことがずっと気に掛かっていたのですよ。彼は《毛抜き重松》とまで呼ばれた伝説の掘り師です。なぜ、今頃になって伝説を自ら掘り起こすような真似をしでかしたのか。それはつまり、半年前の町澤泰之の言動ゆえに、そうせざるを得なかったからです」

「そういえば、爺さんが帰り際におかしなことをいっていたな」

「というと？」

「まるで吐き捨てるみたいに、『あんな奴に玄人《くろうと》のことがわかってたまるか』と……えらく殺気《さっき》だった声だったんでよく覚えているのですが」

「玄人？　本当にそういったのですか。別の言葉ではありませんか」

「まあ、一言一言確認したわけではありませんからな。違うといえば違うかもしれない」

陶子は、重松老人と酒を飲んだ夜のことを思い出していた。

──確か、ひどく似たような言葉が出てきはしなかったか。

やがて、その一言を思い出して、橋口に確認した。

翌日から仕入れの旅に出る予定の陶子は、橋口にいくつかの調査を依頼した。「さほど面倒なことではないから、一週間もあれば」という言葉通り、次に橋口が陶子の自宅を訪れたのは、きっかり一週間後のことだった。

五

「こんなものが役に立つのですか」

そういって橋口が分厚いバッグから取りだしたのは、町澤泰之が半年前前後に発表した小説、エッセイ、インタビューの類のコピーだった。

「大丈夫です。たぶん重松老人は、このコピーの束の中のあるものに接し、すべてを理解したはずなのです」

「よく、わたしにはわからないのですが」

「町澤泰之は小説家です。彼が外に発表するものといえば、小説かエッセイ、あるいはインタビューくらいでしょう。重松老人が接することのできるものといえば、他には考えられません」

陶子はそういって、コピーの束をめくり始めた。さほどの量があるわけではないが、丹念に読み進めなければならないから、時間が相当にかかる。

「ところで宇佐見さん、あなたこの間の夜になんといわれましたっけ、その、玄人ではなくて」

「《かろうと》です。掘り師達の隠語で、石室のことを指しているんですよ。重松氏とお酒を飲んだ夜に、その言葉をわたしは聞いています」

「とすると、どうなるんですかな」

「あなたが聞いたのは『町澤に《かろうと》のことがわかるはずがない』という意味の言葉だったのですよ」

「石室のことはわからない……当然でしょうなあ。奴は小説家であって掘り師ではないのだから」

話をしながら、陶子はコピーの中に目指す言葉を探し求めた。そして約二時間ほど経った頃、陶子の唇から「あった」という低い一言が漏れた。

『――ここから先は、あくまでもわたしの想像に過ぎません。けれど、かなりの確信を持った想像であることを先に申し添えておきましょう。

先生の作品に憧れ、やがて先生の事務所で働くことになった綾子さんの気持ちが、尊敬から憧れへ、そして愛情へと変化していったのは、半ば当然のことではなかったでしょうか。どうしてわたしがそう思うのか。その根拠こそが、手紙の最初に引用文まで添えた、先生の「永久笑み」という作品なのです。「果たして夏の季節に雪は降りうるものか」で、始まる文章、あれを眼にしたときに、わたしは確信したのです。二人は愛情で結ばれている、と。たぶん、綾子さんの話に興味を持った先生は、自分も未盗掘の古墳の石室に入ってみたいとでも、言い出されたのではありませんか。

だって、あの表現は千年以上にわたって封印された聖なる場所、石室に入った者にしかできない表現なのですから。わたしは、重松徳治老人から、話を聞いたのです。未盗掘の石室は、周囲の木々から伸びた毛細血管のような細い、そして厳《おごそ》かなほど白い根で、覆われているそうですね。それはまるで、雪に覆われているようだと、重松老人は教えてくれました。しかしその光景は、空気との接触と同時に幻のように消えてしまうのだそうです。これはまさしく先生の御作に描写された世界ではありませんか。あまりに儚《はかな》く、荘厳であったと、眼を細めながら話す彼の姿そのものが、わたしには尊いものに見えて仕方がありませんでした。

では、先生はどこでその光景を見たのでしょうか。どうやって見ることができたのでしょうか。あるいは、掘り師の技術を身につけた綾子さんが、話してくれたのかもしれません。それならばなぜ、彼女が失踪して一年半以上も経ってから、作品にその情景を書き描いたのでしょうか。

あるいは――一年半以上たったからこそ、先生は文章にすることができたのかもしれませんね。

もう、ほとぼりが冷めただろうと、お考えになったのでしょうか。

それは、少々甘い考えではありませんか？』

陶子の指さした文章を読んでも、橋口はまったく意味がわからない様子で、

「なんですか、こりゃあ」

と、いったきりだった。

「この文章を読んで、重松氏は、町澤が未盗掘の古墳の石室に入ったことがあると確信したのですよ」

「だから？」

だから、と問われて陶子は言葉に窮した。ここから先は残酷で、救いようがない話となる。もちろん、橋口にはその話を聞く権利と義務との両方がある。けれど、話す陶子にとっても、精神にダメージを受けないとは言い切れない。

「老人は、町澤にある程度の不信感を、初めから抱いていたのでしょう。だからこそ彼の言動に日頃から注意を払い、そしてこの文章を見つけました。同時に、愛する綾

子さんの身に起きたであろう悲劇についても、覚悟していたのではないでしょうか」

「それはつまり、最悪のシナリオという奴ですな」

「はい。では、彼女が町澤に殺害されたとして、なぜ遺体は出てこないのか。様々な可能性が考えられます。けれどこの『永久笑み』という作品を眼にした瞬間、老人は確信したのです。人一人の遺体を隠す場所を見つけるのは、大変な労力です。まして や町澤は、写真を見ればすぐに判りますが、華奢《きゃしゃ》な優男です。彼が遺体の隠し場所に、かつて見た石室を利用しないはずがありません」

「じゃあ、孫娘の綾子は……いまだ発見されていない古墳の石室に」

「たぶん」

その答えに、橋口は半信半疑の表情を見せた。

「だから、どこからか本物の埴輪を持ってきてあなたに鑑定を依頼した。そうすることで、発掘作業が始まるのを見越して、ですか。それは少し、無理がありすぎますなあ。闇雲に掘り返したって、古墳は見つからないでしょう。第一、どこにある古墳かもわからないのに」

橋口の言葉に、陶子は黙って首を振ってみせた。

「重松老人の技術と能力は、あなたが思っている以上です。彼は関東近県の未盗掘の古墳がどのあたりに存在するか、摑《つか》んでいたはずです。そこに、綾子さんと町澤の行動の記録を重ね合わせて、問題の古墳に辿り着いた……」

それが、町澤の文章を読み、陶子の元に現れるまでの三カ月というタイムラグになったのではないか。

「じゃあ、爺さんは孫娘の遺体を」

「たぶん発見したはずです」

「じゃあ。どうして警察に報せないのですか」

「証拠がないからです」

たとえ遺体が綾子のものと確認されても、町澤の犯行を証明するものはなにも見つからないかもしれない。それが許せなかったのである。

「だって、さっきの石室の話が」

「そんなものは状況証拠にもなりません。綾子から聞いた話を文章にしたといえばそれだけではありませんか」

重松は町澤の犯行を確信したに違いない。だからこそ、確実に彼の犯罪を証明する方法を模索したのである。それが、陶子の元に例の埴輪を持ち込んだ、最大の理由であった。あれは綾子の遺体が隠された古墳の、副葬品なのだろう。

「伝説の掘り師・重松徳治が掘り出した一級品。それがどこの古墳から出たのか、当然のことながら学界で話題になります。あらゆる検証が試みられ、ある一定の候補地が絞り込まれるでしょう。現に研究機関の鑑定で、秩父であろうと推測されているのですから」

「当然、その周辺で調査が始まる」

「すると、どうなりますか」

「まだ新しい人骨が発見されることになり、それは警察による捜査の始まりを示す、と」

「警察はそうしたことのプロだと、町澤にほのめかせば、彼は必ず行動に出ると、重松老人は予測しました」

「つまりは、遺体を移動させる」

「それこそが、なによりの証拠でしょう。犯人以外には知り得ない事実を、彼自身が証明してみせるのですから」

「だから、町澤をマークしろと！」

あえて詳しい事情を説明しなかったのは、なんの先入観もなく、町澤の行動を監視して欲しかったからなのだろう。そして、陶子に宛てた手紙に「お詫びしておきたいことがある」とあったのは、余計な事件に巻き込んでしまうかもしれないことへの心遣いだったに違いない。

——そんなこと、別にいいのに。あれほどの名品を見せてくれたのだから。

だが、町澤の行動は重松の予想を裏切った。

「重松を殺害することで、綾子の遺体の身元を隠そうとしたわけか」

「身元不明の遺体が発見されても、その遺族がいなければ確認の手続きが相当に遅れる。あるいは不可能になるのではないかと、町澤は考えました」

そして彼は、重松徳治殺害に踏み切ったのである。いったんは犯行を認め、その上で自首するからとでも言い含めて、重松を油断させたのかもしれない。そうでなければ、重松が簡単に酒につき合うはずがない。

そういうと橋口の口の中で、ぎりりと歯が軋《きし》む音が響いた。「畜生め」という言葉が、絶望的に聞こえた。

「決して逃がしやしねえぞ、町澤の奴」

意気込む橋口に陶子はいった。

「簡単な方法があるかもしれませんよ」

「重松老人の遺志を引き継ぐ人間が現れたことにすればよいのですよ」

「というと？」

「たとえば、老人から埴輪の鑑定を依頼された骨董業者が、彼の遺志を引き継いで、町澤に手紙を書くとします」

その手紙は、初めのうちはファンレターの体裁を取るのがいいかもしれない。わざわざ「永久笑み」の一文を引用してまで、彼の作品を褒《ほ》めそやすことだろう。だが、読み進めるにつれ、ファンレターは告発の手紙へ、そして……。

「それでは、あなたの身に危険が」

「橋口さんが気をつけてくれるでしょう。それに、荒事はこれが初めてではありませんから。意外にタフなんですよ」

手紙は町澤を退《の》っ引《ぴ》きならないところに追い込むはずだ。密かに隠した綾子の遺体を、どこかに移さざるを得ないか、あるいは重松同様の処置を講ずるか。

陶子は、重松の笑顔を思い浮かべて、すっと眼を細めた。

『――重松老人が持ち込んだ埴輪ですが、正真物であったことは先に書きましたね。あれが、秩父地方で出土したものであることも。さらに候補地を絞り込むためには、検証の必要があります。どうしてもこれを買い取りたいと、複数の研究機関からの申し出を受けているのです。

きっと半年もしないうちに、素晴らしい古墳発見のニュースが新聞紙上をにぎわすことになるかもしれません。

あるいは、古墳の発見以上に興味深いニュースが流れるのでしょうか。

いずれにせよ、この埴輪を巡る物語は今から始まるのです。

それとも先生、わたしが永久笑みの少女と名づけたこの埴輪を、先生にお買い求めいただけますか。

良い返事をお待ち申し上げております。

町澤泰之先生。

冬狐堂・宇佐見陶子』

緋友禅

一

逢魔《おうま》が時《どき》。たそがれ時。

言葉は現実を言い表す機能をすでに失ってはいるが、まだ存在価値をわずかに残しているこ とを、宇佐見陶子《うさみとうこ》はふと感じた。夕暮れがたとえ迫っても、街はすぐに光に覆われ、闇の居場所はどこにもない。けれど不意に、会ってはならないものに出会ってしまいそうな危うさは、水や空気のさりげなさで、そこここにある。

東銀座の裏通りを歩いていた陶子は、ある雑居ビルの前で立ち止まった。

銀座はファッションと歓楽の街であると同時に、小画廊の街でもある。大通りを一本はずした小路には無数の画廊がひしめき、企画展を競っている。その雑居ビルの入り口に立てかけられた、

『H画廊・久美廉次郎作品展～糊《のり》染めタペストリーの世界～』

と書かれた小さな看板に目を惹《ひ》かれたのである。

――くみ　れんじろう……？

よく似た名前が記憶の片隅に今もある。とはいえ、作家の名前に聞き覚えはないし、糊染めなどという言葉も知らない。けれど、看板の下に貼られた小さな写真、それが糊染めタペストリーなのだろう、その激しい色彩世界にときめきに似た感情を覚えて、画廊を訪れてみることにした。

ひどく狭い上に急角度の階段を上ると、すぐに《H画廊》を示す真鍮《しんちゅう》のプレートと、下で見たタペストリーの写真が目に飛び込んだ。

扉の前に立って様子を窺《うかが》うが、ひと気はまるで感じられない。

扉を開けると、すぐ右手に学校で使っていそうな小机が一つ。ぽつんと置かれた芳名帳の真新しさが、この作品展の成否を雄弁に物語っている。

「いらっしゃいませ」

なにに怯《おび》えているのか、小さく震える声が、画廊の奥から陶子にかけられ、同時に小柄な人影が現れた。作務衣《さむえ》の上下に薄汚れた雪駄《せった》。体つきも貧相だが、それにも増して顔つきが貧相だった。「ようこそおいでくださいました」と、本人は精一杯の愛嬌《あいきょう》を振りまいているつもりなのかもしれないが、どう贔屓目《ひいきめ》に見ても霊力貧弱な妖《よう》怪《かい》にしか見えない。

「あなたが、久美廉次郎さん？」

「はい、そうです。ゆっくりと見ていってください。今、お茶をお持ちしますから」

逃げるように久美が奥に引っ込むと、さして広くもない画廊ではあるが、陶子はその場にぽつんと取り残される形となった。

――変わった男だ。

とはいうものの、創造を生業《なりわい》とする人間にあまり常識人はいない。日常と理性とでは抑えきれない激しい感情、エネルギーを有するからこそ、創造者は創造者たり得るともいえる。気を取り直して作品に向かうと、間もなく陶子はそのことを実感した。

「これは！」と、漏らした言葉は呻《うめ》き声に他ならなかった。

染めの技法そのものは、和服に用いられるものに酷似している。花鳥風月の世界に幾何学模様を巧みに取り入れた構図もさることながら、陶子を驚かせたのは、作品全体を覆う色彩の圧倒的なエネルギーだった。赤ではないし朱でもない。

――そう、これはまさしく緋色《ひいろ》！

赤系統の色彩はインパクトが強く、それだけに単調になりやすいし、素人でも扱いやすいといわれることもある。けれど、それは凡庸な制作者が口にする言葉であって、真にオリジナルの感性を追求するものは、赤の恐ろしさをよく知っている。赤の世界をねじ伏せ、自らに取り入れることは実に至難の業なのである。

たった今、茶を淹《い》れるために奥に引っ込んだ久美廉次郎は、まさに緋色の覇者だった。あの貧相な肉体と顔つきのどこに、それほどのエネルギーがしまい込まれているのか。画廊に展示された三十枚余りのタペストリーは、それぞれの構図で緋色を完全に制覇し、絶対的なパワーを見る者に感じさせる。

それだけではなかった。構図を形作る線の一本一本が、恐ろしいまでの精密さを備えている。鋭く研ぎ澄まされた線が、時に優美な曲線を、また正確無比な幾何学の連続線を描ききっている。

「おっ、お待たせしました」

久美の声に振り返った陶子は、まず最初に頭を深々と下げ、

「堪能《たんのう》させていただきました。お見事です」

と、素直にいった。

「いやあ、わたしは、その、つまり、あれですから」

笑顔を作っているつもりだろうが、久美の表情は泣き笑いにしか見えなかった。

「それにしてもこの糊染めというのは」

「技法そのものは友禅染と同じです」

「なるほど、友禅ですか」

和服の技法と酷似していると感じた、自らの直感が正しかったことを陶子は知った。

「それにしてももったいない。これほどの企画展ならば、もっと大々的に前宣伝をかけなければ。それにパンフレットもないようですが。部数をあまり刷らなかったのですか」

「前宣伝？　パンフレットというと、あの、それは」

「まさか……なにもやっていないのですか」

「はあ、画廊のスペースレンタル料ですべての持ち金を使い果たしてしまって」

陶子は、唖然《あぜん》としてなにもいえなかった。

作品展には大きく分けて二つのやり方がある。一つは画廊が企画し、画家なり工芸家なりの作品展を行うやり方、もう一つが久美のように画廊のスペースをレンタルして行うやり方だ。画廊側のリスクを回避する目的もあって新人の作品展は多くの場合、後者の方法で開かれる。中にはスペースを貸しただけで作品展に顔も出さない画廊主もいると、どこかで聞いたこともある。

画家や工芸家にとって作品展とはすなわち、頒布（販売）会でもあるわけで、前者のやり方では売り上げからあらゆる経費を差し引いたものを、画廊と作者とが一定の割合で分け合うことになっている。後者のやり方を選択した久美の場合は、売り上げはすべて彼の手元に還元されることになる。いずれにせよ、一点でも多くの作品を売ることを考えるなら、パンフレットの刷り部数は百や二百ではとうてい足りない。その費用だけではない。それらを発送するためには封筒代がかかるし、郵便代がこれまたばかにならないのである。

そうした販売努力をいっさいせずに、集客など望むべくもない。改めて作品を見回して、売約済みを示す目印が一つとしてないことに陶子はあきれつつも納得した。それどころか、よく見れば作品には値段さえ付いていない。

「どなたか、バックアップをしてくれるパトロンをお持ちですか」

「いやあ、そんな奇特な人はいません。普段は染めの工房を手伝わせていただいて日々の糧《かて》を得ているのだと、久美は消え入りそうな声でいった。

「すると、今回の作品展は」

「悲しいことですが、すべて持ち出しになります」

そういわれて、陶子は考え込んだ。

画廊と旗師《はたし》とでは、その仕事の内容は大きく異なる。かつて美大に籍を置き、自らも絵筆を握ったことのある陶子は、仕事として絵画を扱うことが少なくない。しかしそうした場合に扱うのは、顧客から「＊＊の作品を手に入れて欲しい」といった注文があるか、注文こそないがその作品ならば捌《さば》くことができるという確信があるものに限る。あくまでも「原則的に」ではあるが。一方、画廊は絵画の販売とともに、画家の育成という一面を仕事の範疇《はんちゅう》に有している。無名の画家を作品展その他の形でバックアップし、その人物が大成した後に、収益という果実を半ば独占する権利を得ることができるのである。

旗師が無名の画家の作品を扱うことは、ほぼないといっていい。にもかかわらず、陶子は激しく煩悶《はんもん》した。煩悶しつつ、購買の方向へと意欲を十分に掻《か》き立てる作品である。おまけについ先ほど、京橋の顧客に薩摩切子の逸品を揃《そろ》いで五点、納めてきたばかりだった。現金にして百二十万円ほどが、手持ちのバッグには、ある。

「……おいくらですか」

「はい？」

「ここに展示されている御作は、いかほどでしょう」

「といわれましても……売ることなど考えたこともなかったなあ」

「じゃあ、販売はしないと」

「そっ、そんなことはないです。売れるに越したことはないのですが。そうだなあ、一点につき工程だけでも二週間以上はかかっているから」

「そんなに！」

「あははあ、手間ばかり掛かる手法をとっているので」

構図の創案を含めると、一点につき一カ月以上かかっているのではないか。そういわれても、十分に見るものを納得させる出来であった。三十点余りのタペストリーを制作するのに、久美はどれほどの年月を費やしたのか。いったいどのような情熱が、これらの作品を作らせたのか。日々の糧を得ることさえ、楽ではなかっただろう。その中でひたすらに制作者としての己の宿命を信じ、没頭する姿が陶子に決断を促した。

「百二十万ではいかがですか」

「へっ?」

「ここにある作品のすべてを、百二十万で引き取らせていただきたいのですが」

陶子の言葉がまったく理解できないといった風で、久美廉次郎は、目を瞬かせるばかりだ。それは陶子にとっても蛮勇に近い決断だった。どれほどの労力が注がれているにしても、無名の工芸作家に支払う金額ではない。

「あの……百二十万円ですか」

「この場で現金でお支払いしましょう」

打算がないといえば嘘になる。いずれ久美が工芸の世界で頭角を現す日が来れば、百二十万円の投資は幾倍にもなって返ってくるだろう。けれど、そんな日は来ないかもしれない。それでもなお陶子を突き動かしたのは、久美の制作したタペストリーを手に入れたいという、純粋な熱情だった。

「いかがでしょう」

「そりゃあ、助かります。滞っている家賃も払えるし」

久美は再び泣き笑い顔となって「本当によいのですか」という言葉を、幾度か繰り返した。それには応えずに陶子は、手持ちのバッグから封筒を取りだし、中身を確認するようにいった。信じられぬものを見る目つきと、手つきで久美は百二十枚の一万円札を数え、ふっと溜息を吐《つ》いた。

「生まれて初めてです。こんなにたくさんの一万円札を見たのは。いや触ったのも当然初めてですが」

「そうですか。では商談成立ですね。作品展が終了したら、こちらに発送してください」

といって、差しだした名刺を久美は両手で受け取り、「冬狐堂《とうこどう》・宇佐見陶子……さんですか」と、書かれた文字を棒読みした。

「旗師です」

「旗師？　というと」

「店舗を持たない古美術品のバイヤー、といえばわかりますか」

「いえ、申し訳ありませんが」

どうやら久美廉次郎という男は、徹底的に美術品の市場ルートというものがわかっていないらしい。それはそれで結構だと、陶子は思った。作者は制作にのみ心血を注いでいればよい。下手に市場の仕組みを知って、本来純粋であるべき《眼》を曇らせる例は、いくらもある。そうやっていつの間にか消えてしまった画家や工芸家を数えたら、知り合いの両手両足を借りても足りないほどだ。

「それにしても、見事な緋色ですね」

「はい。文字通り心血を注いで作り上げた色ですから」

そういった一瞬、久美の表情に思い詰めた決意のようなものが過《よぎ》った。ある一線を越えた者のみに許される、至高の表情であった。

「では、これで」と帰ろうとすると、久美に呼び止められた。

「ちょっと待ってください。あの、ちょっと」

「どうかしたのですか」

久美は自分で呼び止めたくせに陶子に背を向け、会場の奥へと消えた。間もなく現れた久美の手には、四号ほどの布が握られていた。

「これを持っていってください」

「なんですか」

「作品としてはあまりに小さいので、展示しなかったのですが」

緋色のグラデーションをバックに描かれているのは、枯山水の図柄である。大陸風の建築物の周囲を、幾何学模様の波が渦巻いている。

「これを?」

「ええ、サービス、といっては変ですが」

「いいのですか。対価はお払いしますよ」

「いいんです。いいんです、本当に。大金で作品を買い上げていただいたのですから」

「では、いただいて参ります」

そういって背を向けた陶子は、再び「あの」と呼び止められた。

「なんでしょうか」

「宇佐見さん、わたしは、その、あれですか。世間に認められるでしょうか」

もっとも難しい質問を、久美は幼児の無邪気さでぶつけてきた。陶子が回答に窮していると、「やはり、だめでしょうね」と、震える声が重ねられた。

「……ごめんなさい。わたしにはわかりません。すべてはこれからのあなた次第としか、わたしにはいえないのです」

そういって陶子は画廊をあとにした。

——また、売れない品物が増えるな。

クローゼットを改造して作った部屋のストッカーには、商品とは別の、たとえ札束で顔をはたかれようとも手放さないと、心に決めた品物がいくつか、ある。久美の作品も、その仲間入りをすることは確かなようだ。

一枚は、カメラマンで友人の横尾硝子《よこおしょうこ》にプレゼントしよう。

一枚は、美大時代の師であり、かつては夫でもあったプロフェッサーDに贈れば喜んでくれるだろう。

下北沢で古物商を営む、雅蘭堂《がらんどう》・越名集治《こしなしゅうじ》には、数枚預けてみてはどうだろうか。場所柄、面白がって買ってゆく客があるかもしれない。

久美廉次郎から荷が届くのを、陶子は心待ちにした。

だが、作品展が終了して一週間が過ぎ、二週間が過ぎても久美廉次郎から荷物は届かなかった。

二

久美の住所を突き止めるのは、至って簡単だった。H画廊の画廊主に連絡を取ると、すぐに住所と電話番号を教えてくれた。いくらスペースを貸しただけでも、作品展で売約し、金まで支払った上に作品が届かないとなると、それは画廊の信用に関わる問題だ。

埼玉県さいたま市。旧浦和市の中山道から小さな道路をいくつも辿《たど》ったところに、久美のアパートはあった。何度か電話を入れ、連絡を取ろうとしたのだが、なんの応答もない。業を煮やして陶子は直接アパートを訪ねることにしたのである。

ゆうに築三十年は経っているかと思われる木造二階建てアパートの、ドアの一つをノックし「久美さん、いらっしゃいますか」といってみたが、中から気配はない。

——……!?

夕方近くだというのにゴミの集配が遅れているのか、生ゴミの不快な臭いがふと鼻についた。顔をしかめたところへ、

「久美さんなら、いませんよ」

隣室のドアから顔をのぞかせた中年女性が、陶子を上から下まで睨《ね》め回しながらいった。

「どちらかにお出かけですか」

「さあねえ、そういえばここんところ見かけないわねえ」

「いつごろから」

「といわれても、あたしは母親でもないし」

陶子は、ドアの横にかなりの量の新聞が積み上げられていることに気がついた。読

み終えた新聞でないことは、挟み込まれたチラシの具合でわかる。かがみ込んで確かめると、一番古い日付は一週間前となっていた。

ドアの下に僅かな隙間がある。そこに顔が近づいたことで、不快な臭いが一層強く鼻についた。胃がせり上がるような、ひどい嘔吐感《おうとかん》を覚えた。

「この臭い、気になりませんか」

「おとといあたりからひどいのよ。誰かが生ゴミでも放置しているのかしら」

「少し、違う気がします」

臭いの正体は、生ゴミというよりは腐敗臭に近い。

「こちらのアパートの大家さんはどちらですか」

「裏ッ手の宮崎さんだけど、どうかしたの」

「いえ、なんでもありません」

中年女性に会釈をして、陶子はアパートをあとにした。

――大家の元を訪ねるべきか否か。さて、どうするか。

迷った挙げ句、結局は大家の元を訪ね、ともにアパートに戻った陶子はそこで、久美廉次郎の腐乱死体を発見した。

「まったくトラブルメーカーなんだから」

ボール状の氷を浮かべたオールドファッションドグラスを玩《もてあそ》びながら、横尾硝子があきれ声でいった。

「我ながら、そう思うわ」

「あんたくらいのものだね。商品を受け取りにいって、死体を発見できるのは」

「皮肉をいわないでよ」

「皮肉じゃない、事実だよ」

きっぱりといわれると、返す言葉もなかった。

その夜、世田谷区三宿《みしゅく》のとあるバーで飲まないかと誘いをかけたのは、硝子だった。どうやら数日前のトラブルを聞きつけ、励まし半分、好奇心半分で電話をかけてきたらしい。長年にわたるつき合いと、互いの信頼感があるからこそ、そうしたことも許される。

「で、警察の対応は？」

「そりゃあ、見事なくらい厳密で懐疑的で」

「だろうねえ」

死体の第一発見者である陶子は、当然のことながら駆けつけた警察官によって、詳しい事情を聴取された。まずは自らの職業。そして久美廉次郎が、無名ながら工芸家であること。彼の作品を百二十万円で買い上げる契約を結んでいたこと。ところが肝心の品物が届かないので、わざわざアパートを訪ねてきて、久美の死体を発見したこと。

「第一発見者で、しかも被害者と利害関係があったとなれば、さぞや警察は喜んだろう」

「舌なめずりしそうな勢いだったわ」

「だいたい犯人は現場に帰ってくるというからね」

「同じ台詞《せりふ》を、複数の警察官から聞いた」

利害関係があるといっても、百二十万円である。少額であるとは決していわないが、それによって陶子の商売が立ち行かなくなるわけではない。そのようなことをいくら説明しても、いったん疑惑の念で凝り固まった警察官を、納得させるのは容易ではなかった。

「デフレのせいか、今日び人の命もずいぶんとお安くなっているみたいだし」

「その台詞も聞いたわ」

そもそも古美術品のブローカーというだけで胡散臭《うさんくさ》く見られがちである。一攫千金《いっかくせんきん》のお宝探し。狐《きつね》と狸《たぬき》の化かし合い。魑魅魍魎《ちみもうりょう》が跳梁跋扈《ちょうりょうばっこ》するいかがわしい世界。そうしたイメージをすべて否定するわけではないが、現実の商売は想像以上に地道で手堅い。陶子の力説は、警察官の疑いをますます深くする役目を果たしたに過ぎなかった。しまいには「ここではなんですから」と言い訳のような言葉で署に同道を求められ、そこでほとんど尋問まがいの事情聴取が続けられたのである。

「よく半日あまりで解放されたものだね」

「意外と簡単に久美の死因が判明したものだから」

陽気のせいで久美の死体は相当に腐乱が進んでいたが、特に目立った外傷はなく、体内から毒物も発見されなかった。その時点で自然死、もしくは病死が疑われ、死因が脳溢血《のういっけつ》であることが判明したのはその日の夜遅くなってからだった。報告がもたらされると同時に、陶子の身柄は解放された。

「遺体の傍に飲みかけのウィスキーの瓶が転がっていたそうよ」

「というと？」

「お酒の飲み過ぎ。それも、タペストリーの制作中はほとんど飲まなかったらしいから」

「なるほど、作品展は無事終わり、しかも百二十万円という大金も入った。日頃は口にしないような高級ウィスキーを何日も飲み続けた挙げ句に、脳溢血でぽっくり、か。なんだ、間接的とはいえ、犯人はやっぱり陶子じゃないのよ」

「それをいわれると、辛《つら》いなあ」

「でも良かったじゃない。すべてが終わって」

その言葉に、陶子はぐっと唇を引き締めた。

――終わってなんかいないよ、硝子さん。

バーマンにウオッカ・アイスバーグを注文し、グラスの中身を一気に半分ほど空けた。

「ずいぶんと、ハードボイルドな飲み方をするじゃないか」

「……見つかっていないのよ」

「なにが」

「久美廉次郎が制作したタペストリー。三十点余りの糊染め作品が部屋のどこからも見つからないの」

「すでに、発送の手続きをとって、どこかの運送会社に運んだとか」

「だったら、わたしの元にとっくに届いているはずよ」

「ふうん。そりゃあ、変だね。金だけ受け取って、いざとなったら作品を渡すのが惜しくなった。あるいは、もっと高値で売れると欲をかいて、どこかに隠した……か」

十分に考えられる事態であった。通常なら代金の支払いは、現物と交換が原則である。あるいは手付けとして半金を渡し、現物の納入時に残りを支払うというやり方もある。だが陶子は、あえてそうはしなかった。ただひたすらに糊染めのタペストリー制作に没頭し、作品展をようやく開いた久美の情熱とひたむきさに、作品を買い上げること、それに伴う現金の重みというご褒美で報いてやりたかったのである。

「それがあんたの甘さなんだな」

硝子の一言に、頷くしかなかった。「だが、良さでもある」と付け加えてくれたが、あまり慰めになりそうもない。

「タペストリーはどこに消えてしまったのだろう」

「久美がどこかに隠してしまったとしたら、探しようがないねえ。本人が川の向こう側に行っちゃってるもの」

そのとき陶子は、久美が日頃は他の工房の手伝いで日々の糧を得ているという話を思い出した。

——もしかしたら、そこに。

友禅染の工房といっても、数がさほどあるわけではない。しかも久美が手伝いにゆくとなると、関東周辺に限られるのではないか。百二十万円という金額ではなく、純粋にタペストリーに未練を残す陶子は、心密《ひそ》かにそれらの行方を追う決意を固めた。

「また、余計なことに首を突っ込もうとしている。誤魔化したってだめなんだ。あんたの顔に書いてあるよ」

「だって、惜しいんだもの」

「それほどの作品だったのかい」

「ある意味では天才だったと思う、久美廉次郎は。友禅の技法を用いているとはいっていたけれど、それだけじゃない気がする」

「しょうがないねえ。ま、あたしの方でも知り合いに当たってみてあげよう」

「感謝するわ」

「では、偉大なトラブルメーカーに乾杯」

そういって硝子がかかげるグラスに、自らのグラスを軽くぶつけ、中身をすべて飲み干した。

旗師の仕事の合間に関東近県の友禅染の工房を当たり、久美廉次郎の足取りこそわずかながら摑《つか》むことができたものの、例のタペストリーを発見することはできなかった。

だが、タペストリーが思いがけない形で陶子の前に現れたのは、さすがに諦めの気持ちが強くなり始めた半年後のことだった。

三

『江崎黎子《えざきれいこ》　幻惑と情熱の緋友禅』

新宿のKホテルで開催された作品展のことを、陶子に伝えてくれたのは横尾硝子だった。さる週刊誌の仕事で作品展の写真を撮りにいった彼女が、

「陶子、まさかとは思うんだけどねえ」

と、電話を寄越したのである。

いつぞやのバーで聞いた、久美廉次郎の作品と、特徴的にはぴったりと当てはまると硝子はいった。

その眼と感性が正確無比であることを、陶子は作品展に出かけてみて改めて知った。

それはまさしく久美廉次郎の作品に相違なかった。けれどタペストリーではない。一反の織物の中に久美の作品は封じ込められ、そして江崎黎子というまったく別人の作品として展示されているのである。

マスコミとおぼしき人々に囲まれ、談笑する江崎黎子の姿を陶子は遠巻きに観察した。ラフな服装ながら華のある女性だった。すぐにでも歩み寄って仔細《しさい》を詰問したいところだが、あえてそうはしない。詰問したところで、相手がとぼけることは目に見えていた。「あなたは久美氏の作品を盗みましたね」「はい、申し訳ありませんでした」とあっさりと罪を認めるくらいなら、こんな大々的な作品展を開くはずがない。

だが、手駒がまったくないわけではなかった。

黎子の周辺が落ち着くのを待って、陶子はそっと背後から近づいた。

「おめでとうございます、大成功ですね」

低く、ようやく聞き取れるか取れないかの声で囁《ささや》くと、黎子ははっと振り返った。

「ありがとうございます。失礼ですが、あなたは」

「宇佐見陶子といいます。冬狐堂という屋号の旗師です」

冬狐堂という言葉に、黎子の頰が反応した。

――間違いない、彼女はわたしの名前を知っている。

「旗師というと、古美術関係の？」

「よくご存じですね」

「父が昔から好きなものですから」

「素晴らしい友禅ですね。緋友禅とは本当にぴったりのネーミング」

「ありがとうございます」

「赤系統の色を制するのは至難の業でしょう」

「だからこそ、作家が挑む価値があるのです」

「わたしの知り合いも、同じように赤に挑んでいました。半年ほど前に銀座の小さな画廊で作品展を開いたのですよ」

「そうですか」

「彼、久美廉次郎といいましたが、作品展の直後に亡くなってしまいました」

「それはお気の毒に。ミューズの神は残酷な一面を持っていますから」

「ところが不思議なんです。彼が残した三十点余りの作品が、部屋から消えてしまったんです」

「……」

「結局、彼が残した作品はハンカチほどの大きさのものが一点きり。大切な形見になってしまいました」

さりげなさを装う江崎黎子のうなじに、うっすらと汗が滲《にじ》んでいることを確かめて、「では」と、その場を離れた。

――今日のところは、これでいい。

陶子は先のことをゆっくりと考えるための場所を探して歩き始めた。


葛飾区堀切の友禅染工房を訪ねたのは、三日後のことだった。

工房主は高間夕斎《たかまゆうさい》。生前の久美は、この工房を何度か手伝っている。陶子は夕斎に、久美の制作していたタペストリーを見たことがあるかと、訊ねてみた。夕斎が見ていさえすれば、それだけで黎子を告発することができる。が、

「廉次郎の作品？　いや見たことはないな。なにせ一刻な男であったからなあ。みんなが工房を引き上げてから、密かに作業を進めておったようじゃ。半年前に作品展を

……それさえも知らなんだわい」

「そうですか。実は見てほしいものがあるのですが」

そういって取りだしたのは、たった一枚残った久美の糊染め作品だった。作業台の上に広げた途端に、夕斎の表情が硬くなった。半年前、初めて久美の作品に接した折の陶子と、まったく同じ反応を示したうえに、「これは！」と同じ呻き声まで発した。

「まさか、これが廉次郎の」

「そうです。緋の世界を完璧に制し、思うがままに操った久美廉次郎の糊染めです」

どこから取りだしたのか、大きめのルーペで作品細部を丁寧に眺め、夕斎はふっと溜息を吐いた。その気持ちは、言葉を聞くまでもなく痛いほど理解できた。

「ここまでの技量に達しておったか。しかし……」

「今、同じ技量を持った友禅染の新星が現れました。ご存じですか」

陶子の問いに、夕斎は驚くべき答えを口にした。

「江崎黎子の緋友禅じゃな。話には聞いておるよ。それに彼女もいっときはわたしの工房にいたことがある」

「では、久美氏と！」

「期間こそ短かったがな、ともに働いておった」

二人の接点が判明したことで、陶子は確信を深めた。

「実は、わたしは彼女の友禅を半年も前に見ているのです。しかしそのときは反物ではありませんでした」

「そりゃあ、もしかしたら」

「久美氏が銀座でおこなった作品展です。今、江崎黎子が緋友禅の名で発表している作品は、すべて久美廉次郎が作り上げたものなのです」

「そういうことか」

「けれどわたしはそれを証明し、彼女を告発する術《すべ》を持たない。第一、久美氏が制作していたのはタペストリーです。それをどうやったら反物に組み入れることができるのか。たぶん図柄を真似たのでしょうが」

「それは違うな。この技法は真似ようとしてできるものではあり得ない」

「どうしてですか」

「言葉で説明するよりも、実物を見せた方が早かろう。おいで」

そういって高間夕斎は、陶子を工房へと案内した。

母屋の裏手に造られたプレハブの工房内に入ると、様々な染料や薬品の匂いが、むっと鼻についた。

「初めての人にはきつかろう。じゃがな、慣れるとこの匂いに胸が躍るようになる。この匂いの中からどんな図柄が生まれるのか、待ち遠しくてたまらぬようになる」

「はあ」

　工房には四人の職人がそれぞれの工程に就いている。

「糊染めが友禅染の技法の一つであることは知っておるね」

「はい、久美氏から聞いたことがあります」

「うむ」といって夕斎は、生地に描かれた下絵をなぞるように、円錐形《えんすい》の筒を操っている職人の背後に立った。

「要するに糊染めとは、下絵の線に沿ってゴム糊やでんぷん糊を置き、染料のにじみや余分な浸透を防ぐことで、シャープな図柄を得る技法であると考えていただければ結構」

　職人が使っている円錐形の筒は《糊筒》といって、太さを調節した口金から、均一に糊を絞る道具だそうだ。

「この作業を糸目糊置きという。ここに問題があるのじゃよ」

「問題というと？」

「今でこそ糊筒を使用しておるが、これは明治期に開発された道具じゃ。それまでは楊枝《ようじ》の先で糊を置いておった。ところがこれは大変に難しい技法での。今では誰もこの技法を使う者はおらんといわれておる。しかし、難しいというだけではないぞ。江戸期の友禅を見れば一目でわかるが、楊枝糊置きには大変な利点もある」

「それはつまり、恐ろしく繊細な線を描くことができると」

「そのとおりじゃ」

楊枝の先で糊を付けるといっても、ペンのように扱うのではないらしい。柔らかく炊き込んだ糊を楊枝の先につけ、細い糸状に落ちる糊を操って下絵の線をなぞるのだそうだ。そうして得られる線は、

「繊細かつ優美を極めるのじゃよ」

という夕斎の言葉の意味を、陶子は正確に理解した。

「つまり、久美氏は楊枝糊置きの技法を再現していたのですか」

「あの図柄、あの線、そうとしか考えられぬの」

糊置きの後は、別の数種の材料を使って地色染色、模様への染色と工程を進め、色を定着させるために蒸し上げ、最後に水洗いによって各種の糊や材料を洗い流すのである。テレビや雑誌で紹介される友禅染を川の流れに晒《さら》す光景は、この最後の工程だ。

そうしたことをざっと説明した後、夕斎は「わかるね」といった。

「はい。つまり楊枝糊置きの技法はおいそれと模倣できるものでは、ないと」

「そうじゃ。江崎黎子が廉次郎の図柄を真似ようとしても、楊枝糊置きの技法がなければ不可能だし、もし技法を身につけているのであれば、逆に模倣の必要などない。廉次郎の作品に込められた凄絶なまでの執念とは、言い換えるなら楊枝糊置きを再現

してみせた執念に他ならぬのじゃからな」

陶子は黙って頷き、簡単に礼をいって工房を辞そうとすると、夕斎が「済まないが廉次郎の作を、もう一度見せてはくれんか」と、いった。

「なにか」

「いや、大したことではないのだが」

いわれたとおりにすると、しばらく久美の糊染めに見入った夕斎が、小首を傾《かし》げて「妙な色じゃな」と呟《つぶや》いた。

「妙な色とは、どういうことですか」

だが、いくら陶子が問いかけても、それ以上の答えは返ってこなかった。


自宅に戻ると、留守番電話にメッセージが入っていた。つき合いのない新宿の業者からで、「また後ほどかけ直します」と、丁寧な口調で締めくくられている。さして気にも留めなかったのは、そうしたことが商売柄、少なくないからだ。

部屋着に着替え、陶子は帰りに寄った画材屋で購入した紙包みを開き始めた。取りだしたのは、天然ゴムを主原料とした市販のゴム糸目糊である。これを素焼きの器に移し替え、さらにゴム揮発油で薄く伸ばしていった。

久美廉次郎は餅米粉を主原料とした糊糸目を使用していたはずだが、彼が再現した楊枝糸目の技法を疑似体験するだけなら、ゴム糸目糊でも十分と判断したのである。

厨房《ちゅうぼう》から菜箸《さいばし》を持ってきて、正月に使う柳箸《やなぎばし》程度の大きさと太さに削った。のばしたゴム糊の粘り具合を箸先で確かめ、さらにゴム揮発油を加えて柔らかくする。

「これくらいでいいだろう」

なるべくイラストの多い新聞チラシを用意し、デスクに置いた。箸先にたっぷりとゴム糸目糊を絡ませて、宙で横に寝かせ、糊が落ち着くのを待った。

ゆっくりとチラシの上に移動させて、箸先を下に向けると、すぐに先から糊が垂れ始めた。イラストの線に沿って糊を走らせるのだが、これがうまくゆくどころではない。わずかでもタイミングがずれると線はたちまち均一性を失い、無様《ぶざま》なものになってしまう。美大時代にデッサンを一通り学び、「線を取り出す」という作業については、熟知しているはずだった。けれど楊枝糸目とは、そうした知識や技術とはまったく別の次元に存在する技法であることが、すぐにわかった。

幾度か繰り返すうちに額には脂汗が浮かび、手指は脳からの命令を無視して震え始めた。

「だめだ。いったいなんて技法なの」

最初からうまくゆくとは思ってもみなかったが、その難易度もまた陶子の理解の範疇を遥《はる》かに凌駕《りょうが》している。

箸を置き、それまでつめていた呼吸を解放しながら、陶子は制作に没頭する久美の姿を思い浮かべた。あの貧相な男のどこに、そんな才能が隠されていたのか。人がなせる業を超えたところで、楊枝糸目の技法を駆使する久美の顔には、神聖な笑みでも宿っているかのようだ。

今はもう人々の記憶と想像力の中でしか生きることを許されない久美廉次郎という男が、確かに笑った気がして、陶子はふと寒気を覚えた。

そのとき、ドアチャイムが鳴った。

四

約束の時間に三分と遅れることなく、横尾硝子はやってきた。「これ、手みやげ」と差しだしたのは、どうやらワインのボトルらしい。

「先に仕事の話をしていい？」

「もちろん、あたしもそのつもりできたんだ」

仕事、という言葉を遣ったが、正確には撮影の仕事ではない。

すでに電話で、久美廉次郎と江崎黎子に関する情報はすべて話してあった。そのうえで協力を仰ぐと、即座に「そんな面白い話に一枚嚙ませないつもりなら、友達づき合いを止めてやる」という、心強い返事が返ってきた。

ワインを冷蔵庫にしまい、かわりに濃いめの珈琲を淹れた。香りづけのアイリッシュウィスキーをスプーンに一杯にすべきか、二杯にすべきか迷っていると、硝子の手がボトルごと奪っていった。そのままカップへと目分量で注がれたウィスキーは、どう見ても香りづけといった量ではない。そういうと、

「香りづけじゃなくって景気づけだよ」

「でもね、もしかしたら面白くないことが起きるかも」

「だからこそあんたはあたしをパートナーに選んだ」

「かなわないなあ、硝子さんには」

「じゃあ、冬の狐さんの悪巧みを聞かせてもらおうか」

今のままでは、江崎黎子を告発することはとてもできない。確かに久美は病死であったかもしれない。だからといって、江崎が勝手に彼の技を継承して良いという理由にはならない。ましてや、

「江崎は楊枝糸目技法の継承者でもない」

と、陶子は言葉に怒りを含ませていった。「どうしてそういえる」という硝子の問

いには、高間夕斎の言葉を引用して答えた。

「彼女は剽窃《ひょうせつ》者ですらない。久美廉次郎が病死したのをいいことに、彼の作品を奪い取り、そしてなんらかの方法で反物に仕立て替えて、自らの作品とした。久美が死んだことすら、警察に届けることなく」

そして腐乱死体となって発見された久美は、世に問いかけるはずの作品を残すことも許されず、ただひたすらに迷惑なだけの住人として人々に記憶されることになった。

「珍しく感情を高ぶらせているじゃないか」

「そうかもしれない」

「でも、それは悪いことじゃない。一人の男の無念を、かわりに晴らしてやるってのが、実にあんたらしくていいよ」

「……らしいかな」

「ああ、とっても。じゃあ詳細を聞こうか」

陶子は部屋のストッカーから、久美の残した糊染めを取りだし、デスクに広げた。

「これを使って、久美廉次郎の遺作展を開くの」

「遺作展って、たった一点だけで」

「ううん、最低十五点は必要」

「どうやって、作品を作るつもり」

硝子の言葉はさりげなかったが、重大な意味を持っている。たった一点の作品を十五点に増やし、遺作展を開くということは、すなわちこれから二人が久美の贋作《がんさく》に挑むことを指している。久美が無名であるか否かは問題ではない。贋作と関わり合うことは、古美術骨董《こっとう》商の命運をかけるということでもある。

「コンピュータを使ってみようと思う」

「というと、デジタル処理、か」

硝子の言葉に頷き、今度はデスクの引き出しから二十枚余りのデッサンを取りだした。トレーシングペーパーに描かれたデッサンはすべて、久美の残した図案を元に、陶子が昨日から二日がかりで制作したものだ。

「こいつは、ちょっと面白いね」

「久美の残した糊染めは、いくつかの基本構図を組み合わせて作られているの。それらを一つ一つばらした上で、新たに組み合わせを変え、または独立させて新たな幾何学模様を与えると、これだけのバリエーションを産むことができたのよ」

「なるほど、話が読めてきた」

久美の遺作をなるべく精度の高いデジタルカメラで撮影。撮影データをコンピュータに取り込み、画像の処理ソフトを使って、新たな作品を画面上に作り出すのである。

「だが」と、硝子が腕を組んだまま考え込んだ。

「なんとかできないかな」

「あくまでもコンピュータの画面上と限定するなら、それは可能だよ」

問題はその後だ、と硝子の表情が語っていた。それを口にすることなく、

「一つわからないことがある。遺作展なんぞ開いて、どうするつもりだい」

「証言者が欲しい」

「証言者？」

「半年前、東銀座で開かれた久美の正真物の作品展を、見た人間を捜し出すの」

「するとどうなる」

「江崎黎子の緋友禅が、久美の遺作をそのまま借用したものであることを、証明してくれるでしょう」

「そういうことか。でも、そんな面倒をしなくても」

硝子のいいたいことは承知の上で「だめ」と、陶子はいった。

「どうして。芳名帳さえ手に入れれば」

いくら久美の作品展が盛況ではなかったとはいえ、観覧者がゼロであったはずがない。名簿さえあればと、陶子が気づいたのは一昨日、高間夕斎の工房から帰る途中の車内であった。すぐにさいたま市の地元警察署に電話をかけ、久美の事件の担当者を呼びだしてもらった。だが、回答は「ノー」だったのである。

「ノーって。捜査資料は見せられないってこと？」

「違う。そんなものはなかったって、久美の部屋には」

「ないはずがないだろう、礼状だって出さなきゃならないだろうし。まっ……まさか、それって」

「たぶん江崎が持ち出したのだと思う。作品と一緒に」

「なんて奴だ。ずいぶんと念の入ったことをしてのけてくれるじゃないか」

「だからこそ、遺作展を開くの」

「……わかったよ。でもね、するとやはり問題が、一つある」


コンピュータの画面上で作り上げた久美の遺作の数々は、そのままでは役に立たない。画像データを専門の印刷機にかけ、絹生地に印刷して初めて、幻の遺作は完成するのである。現在の印刷技術をもってすればそれも不可能ではない。大手印刷会社の技術レベルは、すでに世界に類のない印刷までも可能にしている。たとえばリンゴの曲面に精密な印刷を施すことも可能であるし、精度の面からいっても一センチ四方に数百万の画素を使って印刷することもできる。絹生地に印刷することなど児戯に等しいともいえるが、

「問題は、印刷会社にどうやって頼むか、だよ」

硝子は、難しい表情を解くことなくいった。

印刷会社に注文することは、難しいことではない。相応の金銭さえ支払えば、それこそトップレベルの印刷会社に注文することもできる。だが、陶子達がやろうとしているのは、贋作造りなのである。非合法を承知で受注する印刷所もあるかもしれないけれど、贋作で遺作展を開く限り、その秘密が印刷所の人間の口から漏れることだけは避けねばならない。最悪の場合は脅迫者の存在を作ることにもなりかねないからだ。

贋作には常に四つの立場が存在する。贋作を造るもの、捌くもの、購買するもの、そして告発するものの四つの立場である。四者の利益が均衡を保つ限り、贋作は世に問われ、糾弾されることはないとされる。言葉にすれば簡単だが、現実にはこれほど難しいことはない。

「でも、方法がないわけじゃないわ」

と、陶子がいうと、硝子も頷いた。

均衡を保つには、四つの立場を一つでも多く、一人の人間が掛け持つことだ。この原則を、今回の例にあてはめてみる。久美の贋作の制作者はいうまでもなく陶子である。遺作展とはいっても頒布会の性格を持ち合わせるものではないから、捌くものと購買するものという立場は消去してしまえる。そして告発者もまた陶子の役割であるから、立場は兼任できる。

「だとすると、やはり印刷所を介入させるのはうまくないね」

「大丈夫。印刷所は使わない」

「なんだって?」

陶子の言葉がよほど衝撃的だったのか、硝子は目を見開いたまま、言葉を詰まらせた。

「久美廉次郎の遺作展は、インターネット上で開かれるの」

「なるほど! その手があったか」

ネット上の遺作展ならば、画廊のレンタル料もかからない。しかも半永久的に開いておくことができる。しかも東銀座で開かれた久美の作品展のことを、情報として掲示板にでも貼りつけておけば、それを見た人間からのアクセスが期待できる。陶子は定期的に掲示板を開いて、確認すればよい。

「悪巧みも、年季が入ってきたね、狐さん」

「ウブじゃ、生き抜いていけないもの」

「まったくだ」

細かい打ち合わせを済ませてから、硝子が手みやげに持ってきたワインのボトルを開けた。勝手知ったる仕草で冷蔵庫を開け、「相変わらず食べ物趣味がいいねえ」と数種類のチーズを硝子が取りだした。

グラスを重ねてボトルが半分空になった頃、ふと、

「ねえ陶子、江崎黎子に直接当たってみちゃあどうなの。本当に自分で緋友禅を制作したのなら、そのなんとかいった技法、楊枝糸目だっけ、それを目の前で見せてくれって」

硝子がいった。

「いったわよ、本人に」

「えっ、いつ？」

「一昨日。この部屋で」

「来たのかい、本人が！」

「うん、それも北岡という古物商まで従えて」

夕斎の工房から戻ってきた夜、糸目技法の疑似体験をしているところへ、突然江崎黎子が訪ねてきた。北岡というのは、留守番電話のメッセージを入れた本人だった。

『今日伺いましたのは、宇佐見さんがお持ちの久美廉次郎さんの遺作を、おわけいただけないかと思いまして。廉次郎さんはわたしにとってかけがえのない友人でした。それがあのようなことになってしまって。せめて彼の遺作を手元に置いておきたいのです。つきましては、骨董の世界には疎いので、父が懇意にしている北岡さんにもお

いでいただきました。きちんとしたお値段をつけていただいた上で、どうかお譲りいただけませんか』

艶然とした笑みまで浮かべ、そう語る黎子の口調を思い出して、陶子は唇を歪《ゆが》めた。

「なるほど、かけがえのない友人、ときたかい」

「そのときにカマをかけてみたの。一度でよいから楊枝糸目の技法を見てみたいって」

「で、どうした」

「見事にかわされちゃった。あの技法は恐ろしいほど集中力を必要とする。とてもではないが人目のあるところではやりおおせない、って」

「いってくれるねえ。さすがは女白浪だ」

白浪とは、歌舞伎の言葉で盗人を指す。

「それだけじゃない。久美の遺作を売る気はないと突っぱねると、今度は北岡がしゃしゃり出てきてね」

『冬狐堂さんのお噂はかねがね耳にしております。いろいろと派手なパフォーマンスがお得意のようで。一度ならず危険な目にも遭われたとか。この世界は魑魅魍魎が跋屓していますからな。互いに気をつけないと』

　言葉付きから察するに、陶子がこれまで巻き込まれたトラブルについて、すべて調べ上げているらしい。ついでにといいながら『国立大学のD教授は、前のご主人であったとか』と、北岡は付け加えた。

「それで、陶子は脅しに屈した……はずはないか」

「あいにくと、それほど可愛らしくないもの」

「くぐってきた修羅場が違うものね」

「それほどでもないわ」

「わからないことがもう一つ。江崎が盗んだタペストリーは三十点余りでしょう。それを使い切ったらどうするつもりなのだろう」

「楊枝糸目は極めて特殊な技法よ。多用はできないからと、年に一点ずつ仕上げ、そのほかの友禅は糊筒を使って仕上げればいい」

「三十年は持つってことか」

「その頃には彼女の名声は確固たるものになっているでしょう」

「じゃあ、その後は？」

「体力的に楊枝糸目の技法はもう無理だと、いってしまえばいい」

「でもさ、三十歳そこそこの小娘が、そこまで周到に計画できるかな」

「もちろん、参謀が後ろに控えているのよ」

「それが、北岡って男だね」

陶子は黙って頷いた。

「あの二人は危険。荒事だってやりかねない」

「でも、二人はやりすぎた。よりによって冬狐堂に脅しをかけるなんて」

そういって二人はグラスを合わせ、中身を一気に飲み干して、声を上げて笑った。

五

久美廉次郎遺作展と題したホームページを立ち上げ、一週間ほど経った。反応がよいというほどではないにせよ、アクセス数は着実にカウントされ、半年前の久美の作品展を見たというネット利用者が現れるのも時間の問題と思われた。

その日、競り市を二件ほど回って、さしたる収穫もないまま会場を出ようとすると、

「宇佐見陶子さん、ある職人さんを訪ねてみると、面白い話が聞けるかもしれない」

と陶子の携帯電話に、高間夕斎から連絡が入った。

「面白い話ですか」

「タペストリーを反物に取り込んでしまう方法じゃよ」

「できるのですか！」

「それはご自分で確かめるがよかろう」

そういって夕斎が紹介してくれたのは、小田原に住む生地職人だった。

「それとな、廉次郎の遺作じゃが」

「なにか気になることがおありのご様子でしたが」

「うむ。どうも色が、な」

「色ですか」

「妙に不自然に思える部分が一カ所ある。できればもう一度見てみたいのじゃが」

「わかりました、明日、小田原に行ってから工房に寄らせていただきます」

翌日、教えられた住所を探し出して工房を訪ねると、工房主は意外にも陶子と年齢的に変わりない女性だった。

「宇佐見陶子さんですね。高間先生からお話は伺っております」

堤千絵と名乗った女性の話によれば、高間が使用する友禅の生地は、すべて彼女が織り上げているという。

挨拶《あいさつ》もそこそこに、陶子は本題に入った。

「タペストリーを反物に取り込む、という技法ですね」

「可能でしょうか」

「技術的に難しい点はありますが、可能でしょう」

堤千絵のあまりにあっさりとした答えに、陶子は逆に言葉を失った。

「しかし、あの、どうやって」

「かけはぎという技術をご存じですか」

「ええっと……着物などの綻《ほころ》びを修理するという」

「綻びだけではありません。虫食いの跡や焼けこげといった、布地に生じた傷、穴を塞ぐ技術です」

「それを使えば、可能なのですね」

頷いて、堤千絵が「どうぞ、こちらへ」と、家の中へと陶子を招いた。

二つの日本間の仕切をはずし、十六畳ほどの広さにした工房に、古い形の機《はた》織り機が置かれている。

「生地は、機械で織ったものも織機で織ったものも原則的には同じです。もちろん質感や仕上がりはまったく異なりますが、あくまでも原理的にはという意味で同じです。つまり、生地は縦糸と横糸の組み合わせによって作られているのです」

「なるほど」

「かけはぎは穴の周辺の縦糸、横糸に同じ太さと色の糸を絡ませ、工具を使って、そこに布地を織り上げてゆく技術です。そうすると、見た目にはまったくわからない出来に仕上げることができるのですよ」

「すると、それを応用すれば」

「穴の部分に織り上げる布地をタペストリーに置き換え、穴の周囲を反物に置き換えて考えてみてください」

タペストリーの上下からは相当の長さの横糸を抜いておき、左右からは同じ長さの縦糸を抜く。上下の縦糸に反物の布地の横糸を織り込み、左右の横糸は反物の縦糸に織り込む。そうすることでタペストリーは完全に反物に取り込むことができるのである。

「しかし強度的にはどうでしょう」

「織り込み方がしっかりとしていれば心配はありません。けれどどうしても心配なら、織り込みの継ぎ目に当たる部分に、刺繍でも施せば良いのではありませんか。友禅染の場合、染め付けの後に刺繍を施すことがよくありますし、人によっては地色が気に入らないからと、もう一度染めを加える方もいらっしゃいます」

特に高間先生は、と付け加えて、堤千絵は楽しそうに笑った。

新たに染めを加えることができれば、細工は完璧である。

堤千絵に礼をいい、陶子は工房をあとにした。いったん自宅に戻り、それから高間の工房へ足を伸ばして、再び自宅に戻ってきたのは午後十時過ぎだった。

「陶子、いるかい」

タイミングを計ったように、硝子がやってきた。

「どうしたの」

「どうしたも、こうしたもない。ちょっとコンピュータを借りるよ」

「なにがあったのよ」

「見ればわかる」

マウスとキーボードの操作によって、コンピュータをプロバイダに接続し、先日立ち上げたばかりのホームページを硝子が開いた。

「やってくれるよ、まったく」

久美廉次郎の遺作展のページが、まったく別のものに作り替えられていた。

「これは、いったい」

「相当なコンピュータ・オタクがハッキングを行ったんだ。たいした手際だよ、こりゃあ」

「ずいぶんと感心しているみたい」

「冗談じゃない。でもどうする、これから」

ページを作り替えることは可能だが、鼬《いたち》ごっこになる恐れが十分にある。それだけの労力をかける価値があるか否か、硝子の表情が問うていた。

「埒《らち》が明かないな、これじゃあ」

「作戦を変更するつもりだね」

「というよりは、一気に詰めてしまおう」

「できるのかい、そんなことが」

陶子は、小田原の工房で見聞きしてきたことを硝子に伝えた。

それだけではなかった。

「高間夕斎先生が、実に興味深い話をしてくれた」

「もしかしたら、決定的な証拠になるとか」

「たぶんね。それを江崎黎子に突きつければ」

「詰み、だね」

翌日、陶子はつてを辿って、とある製薬メーカーの研究室を訪れた。

江崎黎子の工房を訪ねたのは五日後、研究室である検査の結果を受け取ってからのことだった。

六

　日野市にある江崎黎子の工房を訪ねると、そこには古物商の北岡もいたが、陶子は驚かなかった。黎子が呼んだのだろう。そのことはあらかじめ予想済みだった。

「お邪魔します、北岡さんもこちらに？」

「黎子さんに呼ばれたのですよ。冬狐堂さんが面白いお話をお聞かせくださるから、と」

「面白いかどうかは、わかりません。もしかしたら黎子さんには辛い話かも」

　バッグから久美の遺作を取りだし、テーブルに広げた。「ついに決心していただけたのですね」と、相好を崩す黎子に、「いいえ」と陶子は答えた。

「見ていただきたいのです」

「なにを」

「久美廉次郎氏が心血を注いだ、その事実を」

　北岡も黎子も、意味がわからないといった風で、陶子を睨《にら》んでいる。その眼の色にはわずかに殺気《さっき》のようなものが感じられた。

「久美氏が心血を注いだものは二つありました。一つは幻の楊枝糸目の技法を再現すること、そしてもう一つは、パブロ・ピカソ《青の時代》に匹敵する、久美廉次郎《緋の世界》を構築すること」

「だからそれはあなたの誤解です」という黎子を掌で制し、話を続けた。

「緋を制するには恐ろしいほどの精神力が必要です。安易な妥協に走ることを自ら許さず、ひたすらに新しい緋の世界を構築するために、久美氏はある儀式を行っていたのです」

「ある儀式？」

「文字通り、心血を注いだのです」

そういって、陶子は遺作の一点を指さした。

枯山水の図柄の一部、大陸風建築の屋根の部分である。

「この色、妙にくすんでいるとは思いませんか」

「それがどうしたというの」

「高間工房の夕斎氏に聞いてみました。染料は様々で、確かに職人によってその調整レシピが異なる。だがこの色は余りに不自然だし、周囲との調和を考えても不適切である、と」

「そんなものは作者の個性の問題よ」

「そうでしょうか」

陶子はいって、今度は工房の壁に設《しつら》えられた展示ケースを指さした。江崎黎子作の緋友禅が二点、飾られている。

「不自然な緋色。その観点であなたの緋友禅を見ると、そこにもまったく同じ色が使用されていることがわかります。たとえば、右の作品に舞う蝶《ちょう》の羽根。左の作品の緋《ひ》牡丹《ぼたん》。いずれも周囲に調和していない、不自然な緋色ですね」

黎子の表情に明らかな憎悪の色が浮かんだ。たぶん、同じ感情を抱いているのだろうが、北岡にはまだ、平静を装うだけのゆとりがあるようだ。落ち着いた声色で、

「ところで冬狐堂さん、先ほど仰有《おっしゃ》った儀式というのは」

「つまり、この不自然な緋色こそが、久美氏の儀式だったのですよ。緋の世界を制するために、それを成し遂げうる精神力を得るために」

陶子は言葉を区切った。

三者の間に沈黙が居座り、そして、三者三様の怒りと憎悪の空気が膨れ上がった。少なくとも陶子はそう感じた。ゆっくりと間合いを取って、

「久美廉次郎は、染料に自らの血液を混ぜたのです。文字通り心血を注いだのですよ。見るものをして圧倒されるほどの緋の世界は、彼の血を代償にして、できあがりました」

と、刻んだ言葉に対する「愚かな」という北岡の口調には、力がなかった。

「確かに愚かでしょう。誰でも思いつくことではありません。でも自らの血液を使うことで緋を制することができると、彼は信じていたのです。その真実、情熱の印だけは誰にもねじ曲げることができません」

数秒の後「なにが真実よ」と、黎子が反論を開始した。

「馬鹿馬鹿しい。染め付けを終えた友禅は、念入りに洗いにかけられる。そんな血の儀式だか、情熱の印だか知らないけれど、血痕が残っているはずがないじゃない」

と嘲笑混じりの激しい口調でいったが、陶子は怯《ひる》まなかった。

「それが残っているんです。友禅であるが故に」

「馬鹿な！」といったのは北岡だった。

「染め付けを終えた友禅は確かに洗いにかけられます。生地に乗せた糸目糊を洗い流さねばなりませんから。けれどその間に、もうひと工程あるでしょう」

黎子と北岡が顔を見合わせ、そしてゆっくりと「色止め……」と、二人でいった。

「そうです。染め付けを終えた友禅は色を定着させるために蒸し箱に入れられ、高温で蒸されるのです。生地に付着した血痕は、七十度以上の高温に晒されると血液中のタンパク質が凝固してしまいます。そうなると洗いにかけようが、洗浄液に浸そうが、どうやっても血痕は取れなくなってしまうのですよ。着物のシミ落としにはウグイスの糞が使われることもあるそうですね。けれど、その最後の切り札を使用したところで、いったんタンパク質が凝固してしまうと、お手上げなのだそうです」

陶子はテーブルに広げた久美の遺作の一点を指さした。「ルミノール反応という言葉は、ご存じですか」と二人に問いかけると、北岡が頷いた。

「確か、血液に反応すると聞いたことがある」

「ある製薬メーカーの研究室に依頼したんです。この部分からルミノール反応によって血痕が検出されました。あとは、黎子さんの緋友禅を同じ検査にかければ」

「そんなことをしてなんになる！」と、突然北岡が感情を爆発させた。

「そうよ、あなたにとってなんの得になるというの。廉次郎に支払ったお金だったら、わたしが代わりに払ってあげるわ。二百万でも三百万でも、今すぐ払ってあげるわよ」

江崎黎子が、北岡に同調した。

「そんな問題じゃない」といった陶子の言葉が、二人の怒声でかき消された。

「きれいごとをぬかすんじゃない。どうせ犯罪すれすれのところで生きている旗師だろう。それとも、もっと金が欲しいのか。だったら用意してやる、金額をいってみろ」

「久美廉次郎なんて風采《ふうさい》の上がらない男が残した作品なんて、誰も見向きもしないわ。わたしが、江崎黎子が作り上げた緋友禅だからこそ、人は評価するの。だからこの形が一番いいのよ。どうしてそれがわからないの」

罵声が収まるのに、二十分近くかかった。結局二人は説得を諦め、そしてただ陶子を睨み付けるばかりとなった。

「どうして、作品を盗むことなど考えたのですか。かけはぎの技法を使ってタペストリーを反物に取り込んだことはわかっています。継ぎ目に刺繡《ししゅう》を縫《ぬ》い込み、不自然になりそうな部分には新たな染め付けを施したこともわかっています。でも、どうして」

創造力とは生命力でもある。創造者が自らの創造力を否定するということは、それは命の否定でもあるのだ。後には、無残な残滓《ざんし》が転がるばかりだ。そうした思いを込めた問いに、黎子は「あんたが悪いんだ」と、意外な言葉を返した。

「わたしが?」

「あんたが……久美廉次郎の作品を全部買い上げたりするからいけないんだ」

「どうして」

「あいつ、有頂天になっていた。あんたが渡した名刺を元に、あちこちで聞き回ったんだって。そしたら、冬狐堂の宇佐見陶子は凄《すご》い目利きだって。あいつ、いったわ。『これで俺も第一線に立つことができる』って。羨ましかった。だって幻の楊枝糸目の技法を再現することを思いついたのは、わたしが先だったのよ。でもどうしてもできなかった。それをあいつはあとから始めて、一年ほどで完成させてしまった。しかもあいつは技法の秘訣《ひけつ》を決して教えてはくれなかった。だからあの夜、あいつのところにもう一度だけ頼みにいったのよ」

「すると、久美廉次郎はすでに死んでいた」

「そう。酒でも飲んで、あんたに送る作品の梱包《こんぽう》をしようとしていたんだと思う」

「あなたはそれを」

「持ち出したのよ」

二人の話に、北岡が「冬狐堂さん」と割って入った。先ほどまでの激情が嘘のように抑制され、声にも落ち着きを取り戻して、

「やはり、お金で解決することはできませんか」

といった。

「わたしは久美廉次郎がどのような人物であったか知りません。知りたくもありません。けれど彼が残した素晴らしい糊染めの作品を、彼のものとして認めてあげたいのですよ。そうでなければあまりに哀れでしょう」

「そうですか。きっとあなたのことだ。この工房を訪れるに当たって、周到な手配をされているのでしょうね」

「荒事はごめんですから。ところでコンピュータのホームページを破壊してくださっ

たのは？」

「わたしです。少々知識があるもので。ホームページのことは知人が教えてくれました。お前が贔屓《ひいき》にしている江崎黎子の作品とよく似た作品がインターネット上で紹介されていると」

「わたしにも知人がいます。彼女がいってました、なかなかの手際だったと」

「警察に行かれるおつもりですか」

「できれば、黎子さん自ら出頭されることを、望みます」

わかりました、という北岡と、精気をなくして立ち竦《すく》む江崎黎子を残して、陶子は工房を出た。

「結局百二十万円は戻ってこなかったねえ」

三宿のバーで何杯めかの祝杯を挙げた後、横尾硝子がしみじみといった。

「そうか、すっかり忘れていた」

「まったく、商売ッ気がないんだから」

「でも、あの二人、どうするつもりかな」

「だって、黙《だんま》りを決め込むわけにはいかないでしょう。陶子はすべてを知っているんだし、奴らがタペストリーを盗んだ証拠は、黎子の緋友禅の中にちゃんと残っている。チェックメイトって奴よ」

「それはそうだけど」

「あっ、仏心が顔に出てる」

「あのまま友禅の制作を続けていれば、いつか黎子も楊枝糸目の技術を身につけることができたんじゃないかって」

「そうかもしれない。でも、一度とはいえ他人の、それも技法ならいざ知らず作品そのものを盗んだというレッテルを貼られた黎子は、二度と友禅の世界には戻れない」

「それが、美の世界の掟《おきて》、か」

残酷で、それ故にこそ尊い世界に自らも生きていることを、陶子は改めて実感した。

奇縁円空

姓氏或ハ何国ノ産何レノ宗派トイフコトヲ不知
疑フラクハ是台密ノ徒タルカ
何レノ年本土ニ入ツテ深山ニ居レルヤ
凡延宝ノ頃山中ノ民始メテ是ヲ見タリ
薙刀一柄ヲ携ヘ常ニ仏像ヲ造リ則其ノ地ニ収メ捨ヌ

（長谷川忠崇《ただたか》《飛州志》より抜粋）

序

故人のコレクションを処分したい、ついては世田谷区等々力《とどろき》の自宅まで足を運んではもらえまいか。

宇佐見陶子《うさみとうこ》が瀧川家から連絡を受けたのは、九月も終わりの、けれど十分に残暑厳しいある日のことだった。亡くなった瀧川康之助には、幾度か品物を納めたことがある。道楽の範疇《はんちゅう》を超えない程度の骨董《こっとう》趣味人で、さして目が利くようには見えなかったが、金離れの良さといかにも愛好者然とした無邪気さ、小狡《こずる》さがなぜか好ましく思え、特別に筋の良いものばかりを回したつもりだった。

可及的速やかに伺わせていただきます。

予定していたいくつかの競り市への参加を取りやめてまで訪問する気になったのは、瀧川が他の業者を使って蒐集《しゅうしゅう》したであろうコレクションを、誰よりも先んじて目にしたかったからである。旗師《はたし》として、というよりは骨董の世界に生きる者としての業《ごう》といってよい。

駒沢《こまざわ》公園を横目に見て多摩川方面へと車を走らせ、等々力渓谷にごく近い瀧川家に到着したのは午後四時過ぎのことで、陶子を迎えたのは、未亡人の弘枝であった。瀧川の元に商品を納めるたびに顔を合わせているとはいえ、そのときの彼女は常に剣呑《けんのん》な表情を陶子に向けていたから――コレクターの周囲は、おおむね同じ顔をするものだが――言葉を交わすのはこれが初めてである。

「わざわざ済みませんね」

「いえ、これがわたしどもの仕事ですから」

弘枝が空々しいほど愛想良く迎えるのも、彼女が特別なわけではない。瀧川が生きている頃は嫌悪の対象でしかなかったコレクションだが、処分するとなると話は別だ。少しでも高額の見積もりが欲しい、是非ともお願いしますと、弘枝の笑顔が雄弁に告げている。陶子にとってはさして珍しいとはいえない、日常のワンシーンであり、やがて彼女が再び敵意を剝《む》き出しにするであろうことも、半ば約束された事実といってよい。

挨拶《あいさつ》もそこそこに、十二畳ほどの客間に通されると、スペースをいっぱいに使って五十点余りの瀧川のコレクションが並べられていた。圧倒的に陶磁器が多いが、中には車簞笥《くるまだんす》や李朝の書案といった古民具、根付けなどの小物も散見する。一年ほど前に陶子が納入した南京赤絵皿、その半年前に納入した九谷《くたに》の花鳥柄花瓶もある。

ふと視線を遣《や》った先、床の間にぽつんと独立して置かれた立像にひどく心を動かされたが、それを気取られぬように両手に白手袋をはめ、「では始めましょうか」と、弘枝に声を掛けた。

「まずは、この車簞笥ですが」

高さ八十センチ、九十センチ四方の簞笥の鑑定・評価を始めた。車簞笥はその名が示すとおり、底に四つの小さな車輪をもつ簞笥である。火事や家移りの際に、移動が便利なように作られている。四方を補強する金具には蝶と菊花の彫金。

「非常に丁寧な仕事が施してあります。五万ではいかがですか」

いつの間にか小さな手帳を取りだした弘枝が、そのページをめくりながら「そんなはずはないでしょう」と、詰問の口調でいった。すでに表情には明らかな敵意が宿っている。

「主人は、これを二十八万円で買っているんです。明治時代の作だって」

手帳は、どうやら瀧川が書き残した仕入れ台帳のようなものらしい。

床の間の立像がどうしても気に掛かるのだが、それをあからさまに示すほど素人ではない。とはいえ、視線の端にはしっかりと映像をキープしつつ、すでに頭の一部が評価を始めている。

「確かに。明治時代に作られたものならその値段が妥当でしょう。けれどこの箪笥は、金具だけが正真物で、木材部分はごく最近の造りです。従って五万円の評価は、金具のみのものだとお考えください」

「ごく最近の造りって……こんなに古いのに」

陶子はバッグから、除菌用のアルコールを湿したウエットティッシュを取りだした。箪笥の表面を軽く撫《な》でるだけで、丹色《にいろ》がティッシュに色移りした。

「ごく単純な細工と彩色で、古色は出すことができるのです」

言葉を失う弘枝を後目《しりめ》に、陶子は次々に鑑定を進め、間もなく瀧川のコレクションへの興味を、ほぼ失った。

——完全、ではないけれど。

中には高値評価を与えてよい品物もないではないが、いかんせん買い値と評価価格のギャップが大きいものが多すぎた。安南の絵皿にはひどいニュウ——ひび——が入っているし、まともな継ぎさえ施されていない。これを三十万で売りつけた業者は悪党のそしりを免れまい。昭和の名工・浅蔵五十吉《あさくらいそきち》作とされる平皿も、正真物なら五十万の値も納得できようが、美大の陶芸科の学生が習作した程度の出来では、値を付けることも憚《はばか》られる。

陶子がかつて納入した南京赤絵皿に、「二十五万ならば」と値を付けたところで、弘枝の敵意と憎悪は沸点に達した。

「これはあなたが三十万円で主人に買わせたものでしょう。それをなんですか。あなた方はハイエナですか。それとも骨董業者とは詐欺師の集まりですか」

毛穴から怒りの炎を噴き出す勢いで、弘枝が捲《まく》したてる。罵詈雑言《ばりぞうごん》がおさまるのを待って、陶子は説明した。骨董といえども市場価値は変動する。流行《はや》り廃《すた》りもあるし、保存状態によって値が下がることもある。

「南京赤絵皿は、ごく最近ですが大量に市場に出回りました。さるコレクターが処分したんです。逆にこの九谷ですが」

「あなたは四十五万円で品物を納めています」

「そうですね。これなどは品薄の状態が続いています。保存の状態も上々ですから、六十万ほどでお引き取りできると思います」

さらに鑑定を進めた上で、「二百十万ではいかがですか」と値を付けると、

「すべてを評価した上の値ですか」

「すべて、です」

「他の業者にも声を掛けてもよろしいですね」

「もちろん。むしろそうすべきだと、わたしは思います」

亡くなった瀧川への配慮を加味したうえでの評価である。他の業者がこれほどの値を付けるとは思えない。「そこの」と、弘枝が視線を泳がせた。床の間の立像を指していることは明らかで、陶子は胸のあたりに軽い痛みを覚えた。

「冬狐堂《とうこどう》さん。あなたの鑑定にはもちろん、あの円空仏も含まれているのですね」

円空仏。六十余年の生涯において諸国を放浪した造仏聖《ひじり》の円空が、土地土地で彫り残したとされる仏像は、畏敬の念を込めてそう呼ばれる。その数、十二万体。手斧《ちょうな》と鑿《のみ》で彫られた仏像は、手荒く仕上げられているようで、像の内部から滲《にじ》み出る滋味が、多くの人々を魅了してやまない。口元に浮かんだ微笑《ほほえ》みを「円空笑み」と呼び、ガンダーラ仏のアルカイックスマイルに匹敵する、いや凌駕《りょうが》すると断言する好事家もいるほどだ。

「いえ、あの像は入っていません」

「けれど、ずいぶんと興味を持たれていたようですね」

弘枝の口調はどこまでも粘着質で、陶子の不誠実をなじっているようだ。

本当に興味のあるものに対しては、あえて興味のない振りをする。それは確かに骨董業者の常套《じょうとう》手段ではあるが、それだけではなかった。

「あの円空仏については……後で別のお願いをするつもりでした」

「わたしが望んでいるのは、正当な評価と値踏み、それ以外にはありません」

「ですが」と、陶子は言い淀《よど》んだ。

一見無造作に彫られたかに見える円空仏は、業者間でも「極めて扱いが難しい」とされている。その技法の特殊性と、好事家の多さが多量の偽物を生む結果になっているからだ。ましてや十二万体も造仏されたとあっては、たとえその数字に多少の誇張があったとしても、今も相当数の未発見物件が存在している可能性を誰も否定できない。「新たに発見された」とされる円空仏が、いつ、どこに現れても不思議はないということだ。正真物であったらあったで、文化財指定のことも考えなければならない。文化財保護法をくぐり抜け、なおかつ好事家の元へと円空仏を納入するだけの蛮勇を、今のところ陶子は持ち合わせていない。

「円空仏の鑑定は、非常に難しい。ですからあれを、預からせてもらいたいと、お願いするつもりでした」

「要するに、あなたには荷が重すぎるということですね」

「正直なところ……仰有《おっしゃ》るとおりです」

そういって、陶子は床の間に近づいた。

仏像のことは余り詳しくはないが、菩薩《ぼさつ》のようだ。振り下ろした手斧の勢いをそのまま木面に刻みつけたのか、意匠と非意匠の狭間《はざま》にあの円空笑みが婉然《えんぜん》として、ある。陶子の美意識と鑑定眼は「正真物」だと囁《ささや》くけれど、それでも一抹《いちまつ》の疑いを捨てないのが、旗師の矜持《きょうじ》でもある。手にとって見ようとすると、

「触らないでください」

弘枝の言葉がひどく唐突に響き渡った。

触らないでください。あなたにその権利はない。あるはずがない。と、矢継ぎ早に口舌の刃が突きつけられた。

「それは、主人がもっとも大切にしていたものです。確か二百万ほどで手に入れたものではなかったかしら」

「その価値が正しいか否か、鑑定が必要なのですよ」

「けれど、あなたにはそれを渡したくありません」

「では、詳しい鑑定人をご紹介しましょうか」

そう持ちかけてみたが、弘枝は「自分で探します」と、にべもない。骨董業者への不信感が、完全に陶子個人への不信感に置き換えられている。理不尽といえば理不尽だが、これもまた日常業務の些細《ささい》な一齣《ひとこま》といえなくもない。

携帯電話のナンバーの入った名刺を渡し、「他の蒐集物についても、値にご満足いくようでしたらお電話を」とだけ言い残して、瀧川邸を辞すことにした。

そして三日と経たないうちに陶子は、瀧川のコレクションのことも円空仏のことも、記憶の隅に追いやって、忘れた。

風向きが急に変わったのは、さらに一週間ほど経ってからのことだった。

瀧川弘枝から、言い値でよいからコレクションを引き取ってほしいと、連絡が入った。他の業者から色好い評価を得られなかったことは、明らかだった。銀行で現金を揃《そろ》え、大きめのワゴン車をレンタル会社から借りて等々力の瀧川邸へと向かった。

コレクションは、あのときのままにしてあります。

電話口でも、そして陶子を迎え入れながらも同じ言葉を強調する弘枝に、ふと微《かす》かな不信感を覚えた。客間に入り、一瞥《いちべつ》するやいなや、その原因を知った。

「九谷がありませんね。わたしが六十万で引き取ってよいといったはずの」

「それは……あの」

あれだけは陶子の指し値よりも高く引き取ると、申し出た業者がいたのだろう。

──コレクションは、あのときのまま、か。よくいう。

素人は時として業者よりも小狡く立ち回る。立ち回ろうとして、かかなくてもよい恥をあえてかく。用意した現金から、きっちりと六十枚の一万円札を抜いて手渡すと、屈辱に恥じらいを、小鼻に怒りを滲ませて、弘枝はそれを受け取った。

床の間に目を遣ると、円空仏は言葉通り「あのときのまま」である。

「四十万円なら引き取るといってくれた方もいたのですが」

「複製品ならば、妥当な値段でしょう」

あるいはインターネットオークションにかければ、もっと高値で売れるかもしれない。出来の良い物であればレプリカでも構わないと公言する、海外美術ファンは意外に多い。滑稽《こっけい》なほどオリジナルにこだわるのは、日本のコレクターの共通した特徴だ。所詮は、美術品を投機の対象としか見ていないせいもある。

「でも、オリジナルかもしれないのでしょう」

「可能性はかなり高いと思われます」

「だったらもっと高値で」

「そのためには鑑定が必要であると、申し上げました」

「お願いできますか」と、弘枝は先日とはうって変わった、痛々しいほど卑屈な笑顔でそういった。

「実物をお借りすることになりますが、よろしいですか。もちろん手書きの借り受け証を書かせていただきます。署名捺印入りの」

それならば、と納得した弘枝が帰り際に、「結局うちの主人は騙《だま》されっぱなしだったのですね」と、最後の恨み言を呟《つぶや》いた。

それでもいいじゃないですか。本人は満足だったのですから。コレクションとはそういうものですという言葉は、詐欺師の開き直りに聞こえそうな気がして、口にはしなかった。

一週間後。陶子は厚木から相模湖へと向かう県道を、まっすぐ北に車を走らせていた。

——何年ぶりだろう、この道を走るのは。

六年、あるいは七年か。車窓を過ぎてゆく風景は当時の記憶のままで、ほとんど変わりがない。にもかかわらず、ひどく他人行儀に見えるのは、結局のところ陶子の心象風景そのものが大きく変わってしまったせいなのだろう。

やがて県道を外れ、余り整備の良くない道を縫うように走ると、一軒の木造家屋が見えた。二間間口の引き戸の横に《銘木》と彫られた屋久杉の看板がある。

戸に掌をかけ右方向に引いてみるが、軋《きし》むばかりで少しも動いてはくれない。別に鍵がかかっているわけではない。開けるにはコツがあることを思い出して、右足の爪先を戸の隙間にこじ入れた。足払いの要領で引くと、意外なほど従順に戸は開く。

「大槻さん、いますか」

屋内にはあらゆる種類の木材が、所狭しと積み上げられている。

銘木屋は新築家屋の床柱や欄間《らんま》、特別あつらえの工芸品を作るための木材料を調達する業者である。積み上げられた木材は、使命を全うする日を待ちつつ、永い永い眠りの最中にある。「真に良い木材は、最低十五年ほどは寝かさないと、ものにはなりません」と誰かに教えられたのは、いつだったか。

感慨《かんがい》を胸の奥にしまいこんで、もう一度「大槻さんいますか」と声を大きくすると、店の一番奥で「ああ」と低い返事があった。材木の一部が大きく動くと、鼠色《ねずみいろ》の作業服を着た小男が、のそりと起きあがった。毛糸の丸帽に、ひどく度の強い眼鏡。以前のまま、あまりに変わりようのない風貌に陶子は別の感慨を覚えそうになった。木材と一緒に「五年ばかり眠っていたのさ」といわれても、納得してしまうのではないか。

「ご無沙汰しています」

「ア……ああ、あんたか。相変わらずの別嬪《べっぴん》さんだねえ」

眼鏡の縁に手をかけ、上下に動かすように睨《ね》め回すその目つきが、すでに「裏か、表か」と告げている。表向きは銘木屋。裏では贋作者《がんさくしゃ》相手に古材を提供することを、大槻は生業《なりわい》としている。表からはまったく見えないが、裏手にもう一つ小屋があり、そこには表の世界では決して手に入れることのできない資材が密《ひそ》かに眠っている。法隆寺が昭和の大改築を行った際、非公式に持ち出された古材を、陶子は以前、手に入れたことがある。

仕事の表裏を告げることなく、陶子はトートバッグから油紙に包まれた立像を取り出した。中身を公開すると、大槻の目の奥に微かに凝《しこ》った光が灯った気がした。

「どうして……これを？」

「偽物なら、これほどの古色を出すためには相応の材料を必要とします」

「なるほど、それで俺のところに……か」

「心当たりはありますか」

そういって陶子は、封筒を差しだした。中身は五枚の紙幣。

プロはボランティアではない。働きには正当な報酬が必要だ。ましてや陶子と大槻の間に個人的なつき合いは存在しない。封筒を受け取った上で、

「知らんな。どのルートで手に入れた」

大槻はいった。ポケットからハイライトを取りだし、火をつける。

「顧客からの預かりものです。初めのうちこそ正真物だと思ったのですが、眺めているうちに」

「疑わしく思えてきた、と」

「どこがどうと説明することができないのですが、なにかが違う気がするのです」

大槻が、ふんと鼻を鳴らした。いかにも猜疑心《さいぎしん》の強そうな目が分厚いレンズの向こうで二度、三度動き、円空仏を観察する。これ以上はどこも確かめようがないほど、精査した後に、薄い唇が「目がすっかりと出来上がってやがる」と、呟いた気がしたが、定かではない。急に興味を失ったのか、

「その出来なら、どこへ持っていっても正真物で通用するさ」

「ということは、やはり贋作なのですね」

贋作という言葉が癇《かん》に障ったのか、レンズの奥の目に怒りの色を滲ませながら、

「青臭いことをいうんじゃない」と、大槻は吐き出した。

「青臭い？　違います。わたしのプライドの問題です」

「では聞こう、贋作と新作の違いはなんだ」

「そのものを作った手が、作者本人のものであるか、否かです」

模倣者がオリジナルを超えることができないというのは、単なる説話的お伽噺《ときばなし》でしかない。模倣者だってオリジナルを超えることはできる。ただし模倣が模倣である限り、製作者としての栄光を得ることは永遠にない。自らが新たなるオリジナルにならない限りは。

青臭いといわれようが、その意見を変える気はなかった。

「ならば……」といったきり、大槻は黙り込んだ。

永い眠りの中、木々は湿度調整という名の呼吸をゆっくりと繰り返す。その微かな音さえも聞こえてきそうな沈黙が、「帰れ」という一言で破られた。他にいうべきことはないと、鼠色の作業着の背中で告げたまま、大槻は所定の位置に戻って、木々と同化してしまった。

店を出て、車を走らせながら陶子は「嘘つきめ、金を受け取ったくせに」と口にした。やがて笑いを堪えきれなくなった。

よほど動揺したらしい。それにしても、悪党のくせに上手な嘘一つつけないというのは、資質に問題があるのではないか。

「銘木屋が、大切な商品の前で煙草《たばこ》をふかすなんて!」

今頃は己の犯した愚行に、あわてふためいているにちがいない。

「これで決まった。円空仏はほぼ間違いなく偽物だ。しかも材料を売ったのはあの銘木屋」

気がかりがないではなかった。「ならば……」といったきり、黙り込んだ大槻の態度はなにを意味しているのか。

そのまま等々力の瀧川邸へと向かい、調査の結果を正直に告げた。

残念ながら、これはオリジナルではありません。しかしこれほどの出来であればレプリカでも相当の値で捌《さば》くことができるでしょう。わたしならば五十万で引き取らせていただきますが、いかがですか。

瀧川弘枝は、陶子の申し出をあっさりと受けた。

一

瀧川のコレクションを競り市に出品するためには、事前に相当の作業と過程が必要だった。ニュウの入った陶磁器には継ぎを入れねばならなかったし、古民具の中には修復を施さねばならないものもある。専門の業者を一軒一軒訪ね、依頼し、その仕上がりを待つのにひと月近くかかった。

さらに商品に見合った、ということは各ジャンルに詳しい業者が集まる市を選択し、参加を申し込み終えるのに二週間。レプリカの円空仏については、もう少し手元に置いておきたくて、目録からはずすことにした。骨董業者は、ことに店舗を持たない陶子のような旗師は、商品の回転を止めてしまうと時として死活問題となることがある。にもかかわらず、気に入った品物を少しでも長く手元に留めておきたい、眺めていたいという気持ちを抑えられないのは、これもまた業としかいいようがなかった。

その夜、テーブルに置いた円空仏を肴《さかな》にしてワインを楽しむ陶子のマンションに、懐かしい来客があった。ドアチャイムに反応して「どちら様でしょう」とインタフォン越しに問いかけると、「ご無沙汰しております」と、低音《こごえ》ながら軽快な声が返ってきた。

「もしかしたら……あの！」

「練馬署の根岸《ねぎし》です」という声に、やや小さめの「同じく四阿《あずまや》です」という声が続いた。

かつて陶子が巻き込まれた贋作事件で、捜査を担当した二人の警察官である。ドアを開けると、ブルドッグを思わせる根岸と猿顔の四阿が「お久しぶりです」といいながら入ってきた。《練馬署の犬猿コンビ》は、いまだ健在のようだ。

「どうしたんです、こんな時間に」といって、陶子は二人の顔に浮かんだ奇妙な表情に気づいた。かつて巻き込まれた事件が殺人をも含む大がかりなもので、二人には言い尽くせない世話になったことは、紛れもない事実だ。だからといって、揃って「近くに用事があったので、ついでに」と、この部屋を訪問するはずがない。

「残念ながら事件です。しかもどうやらまた、あなたが関係しているらしい」

根岸が鼻の横を掻《か》きながらいった。四阿は黙ったままだ。陶子は二人を凝視して、その表情を読みとろうとした。

「どうぞお上がりください」というと、二人はあっさりと従った。

あれから何年になりますか。遠い昔の出来事だったような気がしますが。仕事は相変わらずです。トラブルに巻き込まれることもしょっちゅうですね。でもこればかりは仕方がありません。

飲み物を用意しながらとりとめもないことを話し、二人の警察官がいちいちそれに相槌《あいづち》を打ったり、逆に自分たちの近況を話したりするのを聞きながら、陶子は事件そのものがさして大きくはないことを推測した。重大事件であればすぐにでも話題を切り替えるであろうし、もしも自分が被疑者もしくはそれに近い立場にいるなら、紅茶といえども接待を受けるはずがない。

「ずいぶんと強《したた》かにおなりだ」

根岸の言葉に「アラ、何でしょう」と惚《とぼ》けて見せた。

「女一人、魑魅魍魎《ちみもうりょう》の跋扈《ばっこ》する世界を生き抜くには、柔《やわ》でいられるはずもありませんか」

「それは、まあ当然です」

「雑談をしながら、わたしらの動向を探ったでしょう」

いいや、隠さなくても結構です。自分たちはこれでもプロですから。

表情の奥に苦笑いを封じ込めて、根岸がいう。すると先ほどからなにも言葉を発しなかった四阿が、テーブルの立像を見ながら「円空ですね」といった。根岸が目を細めたまま、唇を引き結んだ。こうやって交互に話の矛先を変えてゆくことで、証言の綻《ほころ》びを導き出す。あるいは証言者を苛立《いらだ》たせて、不必要な一言を口にさせるのが、犬猿コンビの常套手段で、相変わらず、憎いばかりのコンビネーションである。

「確かに円空ですが……これはレプリカですよ」

「というと、偽物ですか」

「円空の真作といって市場に流せば、そうなりますね」

「けれど最初からレプリカであると明言しておけば」

「値は半分以下になりますが、少なくとも周りから指弾されることはありません」

「相も変わらず、ややこしい世界に生きておいでですね」

「退屈する暇《ひま》がないほど」

ところで、と今度は根岸が会話の接《つ》ぎ穂を作った。

「鬼炎《きえん》円空という言葉に聞き覚えはありませんか」

「はい？　奇縁というと、奇妙な縁のことですか」

「違います。鬼の炎と書いて、鬼炎と読みます」

仏像が専門ではないにせよ、骨董の世界に通じる言葉ならば、一度くらいは耳にするはずである。が、《鬼炎円空》などという言葉に、覚えはない。なおも考え込んでいると、唐突に「結構ですよ、もう」と、根岸がいった。

「どうやら、この人は本当に知らないらしいですね」

これは四阿の台詞《せりふ》だ。どうやら二人はこの言葉に関する事件を追っているらしい。

――そして、わたしの名前もどこかで関わっている。

とすれば、二つの接点は、とりあえずテーブルの円空仏以外にない。といって、なんら具体性のある話ではなかった。根岸と四阿がどのような事件を追っているのかさえも、陶子は知らない。そのことを二人の警察官に告げるべきか否か、迷っていると、解答は根岸によって無造作に提示された。

「宇佐見さん、大槻寛二という男に心当たりは」

あまりに突然の言葉に反応を失っていると、

「ご存じのようですね」

「ええ、まあ」

「どのような男ですか」

素早く事態を計算し、言葉を選んだ。

大槻寛二は神奈川県で銘木屋を営む男ですが、さほどつき合いがあるわけではありません。その円空仏について、つい最近相談に乗ってもらったところです。

陶子の話が終わるまで、二人は一切口を挟まなかったが、四阿の方はいつの間にかモバイル・コンピュータを取りだし、キーボードに目を落とすことなく指を動かしている。

「ところで、銘木屋というのは？」

「特別な用途の木材を調達する業者です。たとえば」

陶子は居間のクローゼットを改造したストッカーから、先頃仕上がったばかりの車簞笥を引っぱり出してきた。瀧川のコレクションだが、引き出しの部分に大きな綻びがあった。

「それを小間物細工師に修復してもらったのです。その場合、真新しい素材を使用すると、どうしてもそこの部分だけが浮かび上がってしまいます」

「なるほど、それで古い材料を使って」

それだけではない。日本家屋に飾られることの多い杉の年輪切りなども、銘木屋が取り扱う商品の一つだ。

「でも、奇妙ですね。どうして円空仏のことで、銘木屋が登場するのです」

四阿の質問には、陶子ではなく根岸が答えた。

「わからんのか」

「わからないから聞いています」

「よく考えて見ろ。冬狐堂さんほどの目利きでさえも判断に苦しむくらい、このレプリカはよくできている。ということは、相当に古い材料を使って彫られたものだ。だとすれば作者は銘木屋に材料を注文したに違いない。で、陶子さんは知り合いの銘木屋を訪ねた。違いますか」

いえ違いません、というと、根岸は満足そうな笑みを浮かべた。

「たぶん、この円空仏の素材を提供したのは彼でしょう」

「そんなことまでわかるのですか」

「彼らの記憶力を侮ってはいけません。人に指紋があるように、木材には木目があります。そして彼ら銘木屋は、かなりの精度で扱った木材の木目を記憶しているのですよ」

「まるで化けもんだな」

同じ世界の住人と思われるのが厭《いや》で、そうです、という言葉を呑み込んだ。

「すると、おぼろげながら答えは見えてくる」

「どういうことです」と、陶子は初めて話の核心に触れるべく、質問した。

「鬼炎円空……つまりはこのレプリカこそが、鬼炎円空と呼ばれるものの正体ではありませんか」と根岸がいった。

しばらく考えた後、陶子はゆっくりと首を横に振った。たとえ大槻の記憶力が特別製でも、そこには自ずと限界がある。よほどの銘木でも、記憶がおよぶのはせいぜい数年だろう。そして、その間に円空仏のレプリカが作られ、市場に出回ることで《鬼炎円空》の名が冠せられたとしたら、自分の耳に入らぬはずがない。

「そうか、最終的にはそこに行き着くか」

「ところで」と、陶子は根岸に問いかけた。大槻寛二は、いったいなにをしでかしたのか。

「そうですね、明日にはニュースとして流れるでしょうから、申し上げても構わないでしょう。奴は練馬署管内で人を刺して逃亡中なのですよ」

「人を刺した！」

およそ荒事の似合う男ではなかった。それともしばらく会うことなく過ぎていった数年の月日が、彼をして宗旨変えさせたのか。

「被害者は……ええっと円藤茂樹、七十六歳です」

「あの、亡くなったのですか」

「いえ、腰の後ろを刺されましたが、大事には至っておりません。ただ出血がひどかったので、現在入院中ですが」

「でも、どうして彼が」

銘木屋がわざわざ練馬まで出かけて老人を刺さねばならなかったのか。なによりも、どうして自分が関係するのか。

「ごく単純なことです。奴が現場に手帳を落としていましてね。あるページに被害者の住所と電話番号が書かれていました。そして片側のページには、冬狐堂と鬼炎円空という二つの名詞が並んでいたのです」

いやあ、久しぶりにあなたの名前を見て心躍りました、と笑う根岸に同調する気には、陶子はどうしてもなれなかった。

生涯に十二万体を彫り上げたとされる円空。この超人的な伝説をもつ造仏聖について、専門的な研究が始まったのは一九六〇年代の初めとされる。総合的な研究の先駆者といわれる土屋常義が『円空の彫刻』を発表したのが一九六〇年。それを機会に全国各地で円空仏の展覧会が次々に開催され、ある種のブームとなる。宗教民俗学者・五来重《ごらいしげる》が『円空佛——境涯と作品』を発表し、七〇年代になると円空人気は不動のものとなった。

ブームの高騰は、骨董の世界にも大きな、そして暗い影響を与えることになる。則ち贋作の大量生産である。

鬼炎円空。

その名が頭にこびりついて離れなくなった陶子は、折に触れて競り市などで「鬼炎円空を知らないか」と訊《たず》ねてみた。けれど反応は極めて薄く、常識的な知識と、せいぜい「円空には気をつけるんだよ、お嬢ちゃん」と、からかい半分の言葉が返ってくるのみだった。

円藤茂樹という老人が刺され、大槻が逃亡生活に入って十日目のことだ。

「冬狐堂さんだね」

夜の十時過ぎに自宅マンションに電話がかかってきた。声質から年齢を推測することもできない、ひどくしゃがれた声が「鬼炎円空のことで」と、いった。

「なにか、ご存じなのですね」

「それを伝えるために電話をしたわけじゃねえぞ。忠告だ。余計なことに首突っ込むんじゃねえ」

「脅迫ですか」

「違う！　忠告だといったはずだ。誰も傷つく必要がねえよにな」

言葉の端々に東北地方の訛《なま》りが入っているようだ。しかも、鬼炎円空のことを調べる陶子を、脅す目的でもないらしい。

「けれど、すでに円藤という老人は、傷ついています」

刺した犯人も逃亡中だ。彼が永遠に逃げ切れるとは思えない。ということは贖《あがな》いの名のもと、彼も傷つく運命にある。そういうと、電話の向こうで荒い呼吸が幾度か繰り返された。気管支か、あるいは肺にでも損傷があるのかもしれない。ややあって、

「あいつは、刺されて当然の人間だ」と、聞き取りにくいしゃがれ声がいった。あるいは作り声かもしれない。

「とにかく、忘れることだ。鬼炎円空のことは」

重ねるようにいって、通話は一方的に切断された。

二

円藤茂樹・七十六歳。現在無職。六十五歳で定年退職するまでは、港区にある東亜商事営業部部長。犯歴なし。

練馬署に電話をかけると、四阿が出て、以上のことを簡単に教えてくれた。

「なにか気になることでもあるのですか」

「どうしても、大槻寛二と被害者の繋《つな》がりがわからなくて」

「当方も、目下捜査中です。ええ、我々もそのことが気になっているのですよ」

なにかわかったら必ず我々に報せてください。決して先走りをしないように。

四阿はくどいほど念を押したが、そのくせ、余計なことに関わらない方がいい、とはいわない。古美術と骨董の世界は、美意識と美意識の交差する場所であると同時に、それを金額という数値に換算する場所でもある。息苦しいほどの利害関係が複雑に絡み合い、警察官の持っている常識を軽く覆すやりとりが、日常茶飯事に行われている。だから陶子のような玄人が事件にある程度まで介入してくれると、警察としては大変ありがたいのだが、危険水域まで入り込んでもらっては絶対に困る。

四阿の言葉は暗にそう告げている。

「わかりました」とだけ応え、陶子は電話を切った。自宅マンションにかかってきた謎の電話については、なにも話さなかった。

翌日からいくつかの競り市を廻り、精力的に動いて瀧川のコレクションのおおかたを捌いていった。諸々の経費を差し引いて、陶子の手元に残った利益が六十万円。この商売だけではたいした儲《もう》けにはならないが、それがこの世界の不思議なところで、派生した諸々の要素が次の取引を生み出し、いくつもの連鎖によって商売が成り立ってゆく。

連鎖の中で懇意となったある同業者が、耳寄りな情報を教えてくれた。

最近、円空のことを調べ回っているそうじゃないか。だったら池袋の鈴本元って御仁を訪ねるがいいよ。鬼子母神の裏ッ手に住んでいるちょっと変わった爺《じい》さんだが、並の大学のセンセじゃ、歯が立たないほど円空について詳しいはずだ。

住所と電話番号を調べるのに、たいした時間はかからなかった。あらかじめ連絡を入れ、陶子が鈴本の自宅を訪ねたのは次の日曜日だった。表札の横に『鈴本円空研究所』とあるのを確認し、ドアチャイムを押そうとすると、その前に「いいからこちらにお回り」と、庭先から声を掛けられた。声に従い、庭に回ると、縁側に藍の作務衣《さむえ》を着用した小柄な老人が座って手招きをしている。刈り込んだ髪の毛もあごひげも見事な白髪である。

「宇佐見陶子さんであろう」

「はい、よくおわかりで」

「拙宅をわざわざご婦人が訪ねてくるなど、絶えて久しいことじゃからな」

発音のはっきりとした、実に響きの良い声が呵々《かか》と笑った。

見回すと、庭の木々に隠れるように円空仏が三体、置かれている。小枝と小枝の間から「ま～だだよ」とでもいっているようだ。

「レプリカじゃよ、もちろんな。けれど円空仏には野ざらしが実によく似合う」

「確かに……そうかもしれませんね」

円空仏には野ざらしがよく似合う。その一言で陶子は、鈴木老人へ全面的に信を置く気持ちになった。

「円空仏は、彼《か》の造仏聖が煩悩《ぼんのう》と戦い、これを折伏《しゃくぶく》した足跡に過ぎん。だが、なればこそ人の心を打つのじゃよ」

激しさ、優しさ、後悔、疑念、憎悪、欲望、喜び、悲観。感情の赴くままに円空は仏像を彫り続け、そして汲めども汲めども汲みつくせぬ煩悩の泉を、誰よりも必死に涸《か》らそうとした。そうしたことを、老人の言葉によって陶子は一瞬のうちに理解した。

「ところで……円空仏を鑑定して欲しいというお話であったが」

「はい」と応えて、陶子はトートバッグから油紙に包んだ例の円空仏を取りだした。縁側に置くと、鈴本は像に触れることなく四方から眺め回していった。「聖観音じゃな」という言葉を最後に、鈴本の五感は視覚のみが機能し続けているようだ。一条の手斧の痕跡《こんせき》、鑿の走った足跡一つとして見逃さない厳しさが、視線に込められている。そこへ触覚が加勢した。染みの浮いた皺《しわ》だらけの手が、像を細部にわたって撫で回す。いつの間にか陶子は、我が身を愛撫《あいぶ》されているような息苦しさを覚え始めていた。それをうち消すように「いかがでしょうか」と言葉にすると、顔を上げた鈴本が、

「紛れもない、円空仏じゃ」

先ほどからは想像がつかないほど厳しい表情で、いった。「ですが」という陶子の言葉の、先が続けられないほどの苦渋を、彼の目の奥に見た気がした。

「紛れもない円空じゃが、しかしこれは同時に円空ではない」

改めて、鈴本がいう。言葉としてまったく意味をなさないが、矛盾を抱えながら、その発言には不思議な重みがあった。

「これをどこで？」

「さるコレクターから買い取りました」

もちろん、レプリカとして相応の値で。陶子の言葉に鈴本は大きく頷いた。

「どこが怪しいと睨《にら》んだのだろうか」

素材を提供した銘木屋を知っているとはいわず、ただなんとなくと、言葉を濁したが、鈴本が納得していないことは明らかだった。目がそういっている。話題を逸《そ》らすつもりで口にした、「鬼炎円空をご存じですか」という陶子の一言が、化学反応にも似た変化を、鈴本の表情に与えた。目を見開き、唇を引き結んだ顔が閻魔《えんま》大王に見えた。見る間に真っ赤に紅潮した顔色は、憤怒の不動明王か。

「やはり、知っておいでだったか」

そういって像の一部を鈴本は指さすが、陶子にはまったく理解できなかった。指はいくつかの単調な線彫によって表現された法衣の上を、規則的になぞっている。

それをきょとんと見つめるばかりの陶子に、鈴本がまた表情を変えた。

「今、あなたは鬼炎円空といわれませんでしたかな」

「はい、申し上げました」

「だが、あなたはわたしの指の動きにまるで反応しない。これはいったいどうしたことだ」

どうしたことだ、とはまさしく陶子の台詞でもあった。

「鈴木さん、まさかこれが鬼炎円空であると」

「そうじゃよ。これは紛れもない鬼炎円空」

改めて陶子は、鈴木の指先を凝視した。線刻をなぞるその指の動きが、まったく思いも寄らない意味を持っていることに初めて気がついた。無造作に組み合わされているとしか見えない線刻のごく一部のみを取りだし、他の線を意識下で消し去ってみる。つまり、鈴木の指の動きに沿った線のみを拾うと、そこに一つの文字が浮かび上がるのである。

——炎……だ。

像の法衣の上には確かに、炎という文字が隠し彫りされていた。

「先日のお話では、宇佐見さんが入手した仏像は、鬼炎円空とは別物であると」

「はい、そのつもりでした」

「お話が、ずいぶんと錯綜《さくそう》しているようですね」

だから、電話ではうまく伝わらない恐れがある。根岸と四阿を呼びだしたのはそのためだ。

「そもそも、鬼炎円空とはなにか、話は三十年ほど前に遡《さかのぼ》るのです」

「それはまた、ずいぶんと遠い昔の話だ。すると今度の事件の根っこも三十年前に？」

　陶子は、無言のまま頷いた。

　一九七〇年代に入ると、円空人気はますます過熱していった。公共の美術館・博物館のみならず、多くの百貨店までも、競って円空仏の、展示会を企画したのである。文化財保護法が、今ほど厳しく運用されているわけではなかったから、円空仏を保管する全国の寺から比較的簡単に借用することができた、という事情もあった。

　埼玉県浦和市（現さいたま市）駅前の新宝デパートも、例外ではなかった。ただし、同デパートでは、新たに発見された円空仏——当時は、その数も相当にあった——を中心にした展示会が企画されたのである。当然ながら、好事家の耳目はこの展示会に集中した。あらかじめ用意されたカラー刷りの目録には四十点余りの写真が掲載されていた。

「ところが、この展示会にはもう一つの目論見《もくろみ》が隠されていました。当時はまだ、円空仏を文化財指定するという動きも鈍かったのです」

「すると、どうなるのですか」

「展示会、則ち頒布会の性格を持っていました」

　要するに画廊で行われる、画家の展示会と同じように、展示された円空仏は同時に販売の対象でもあったのだ。

「もちろん、表立っての頒布会ではありませんでした」

「というと、裏のルートを使った？」

「裏のルートというと語弊がありますね。ごく限られた顧客のみが参加することのできる、頒布会といっていいでしょう」

ところが、展示会は当日になって突然中止されることになってしまった。主催者側から理由が説明されることはなかったが、好事家の間では密かに裏事情が語り継がれたという。どうやら開催日前日に、展示会場に賊が侵入したらしい。

「もしかしたら、盗難ですか」

「いえ、もっと最悪の事態でした。展示された円空仏に悪戯《いたずら》書きをした者がいたのです」

たぶん、重大な犯罪を予測していたであろう二人の警察官が、ひどく拍子抜けしたのは明らかだった。構わずに陶子は続けた。

ただの悪戯書きではありません。賊は、円空仏の彫り跡の一部を赤いマーカーでなぞっていたのです。といっても、よく理解できないことでしょう。だからこれを見てください。

「覚えておいでですね。そうです、わたしの部屋にあった例の円空仏です」

陶子は、例の円空仏をバッグから取りだした。法衣の彫り跡がはっきりとわかるようにトレーシングペーパーを巻いてある。その上から赤いマーカーで線を入れ、炎という文字を浮かび上がらせた。

「これは！」と、二人の表情が一気に強張《こわば》った。

「おわかりですね。同じ作業が新宝デパートの円空仏にも施されていました。ただしトレーシングペーパー越しではなく、直接仏像本体にマーカーで書き込んであったようです」

円空の真作に、そのような隠し彫りが施されていようはずがなかった。

これは、偽物だ。新宝デパートは新発見の円空仏と称して、偽物を好事家に販売しようとしていたに違いない。

噂は瞬く間に彼らの間に広まっていった。こうした世界は、広大無辺の裾野を持っているようで、実は非常に狭い。しばらくすると、円空仏の偽物を作ったのは北条鬼炎という男らしいと、噂はより詳しく、そして新宝デパートに極めて批判的に広がったのである。

「それで、鬼炎円空ですか」と四阿。「けれど、あくまでも三十年前の話でしょう」

と、根岸が続けた。

三人の前にある円空仏のレプリカが、事件のキーワードでもある《鬼炎円空》ではあり得ないと、つい先日証明してみせたばかりである。大槻は、陶子が持ち込んだ円空を見て、ひどく慌てた様子を見せた。これは、自分が提供した材料によって作られたことを一目で見抜いたからだ、という推理に間違いがあるとは思えない。

「けれど、大槻がかつての新宝デパートでの事件を知っていた、ともいえるでしょう。だからといって彼がなぜ練馬で人を刺したか、については謎ですが」

「いいえ、この円空仏は、三十年前に作られたものではありません」

なぜそんなことが断言できるのか。二人の警察官は声を揃えていった。

実は陶子は知り合いの研究員に頼んで、ある実験を行っている。といっても大袈裟《おおげさ》なものではない。像の表面全体に水分を含ませ、何カ所かにリトマス試験紙をあててもらったのである。

「リトマス試験紙というと、あの酸性とかアルカリ性を確認する。なんでまたそんなことを。それでなにがわかるのですか」

「結果的に、この円空仏のある箇所についてはアルカリ性が、また別の箇所からは酸性の反応が出たのです」

「どういうことですか」

「おそらくは、水酸化ナトリウムと、酢酸《さくさん》が使われたと思われます。どちらも木材加工品の時代付けに使われる薬品です」

本当にこの円空仏が三十年前に作られたのなら、わざわざ時代色をつける必要などどこにもないし、当時その処理がなされたとしても、痕跡が今に至るまで残留しているはずがない。すなわちこの円空仏がごく最近、それは二つの薬品の残留物が完全に消えない程度の過去に制作されたことを示している。

「となると、焦点は自ずから絞られてきますね」という四阿の言葉に、根岸も陶子も頷いた。三十年の時を経て、北条鬼炎は再び円空の偽物を作り始めたのである。

「あるいは、彼の造仏作業はずっと続いていたのかもしれません」

ただ、今日まで誰もそのことに気づかなかっただけで、と言葉を続ける陶子に向けられた二人の警察官の目つきが、いつしかけわしくなっていることに気がつき、暗澹《あんたん》とした思いに駆られた。

いったい、何という世界なんだ。

そう、そのとおりなのですよ。そしてわたしもまたこの世界でしか生きることのできない、住人の一人なのです。

根岸が二度、三度と首を横に振りながらいった。

「そして、そのことを偶然知った大槻は、自分の提供した材料が北条の仕事に使われたことを知って、逆上した」

「それはどうでしょうか。わたしの知る限り、そうした正義感とは無縁の人物でしたが」

「だとすると話は簡単です。大槻は北条に持ちかけたのですよ」

俺にもっと分け前を寄越すのが当然ではないか。さもなくば、このことを世間にぶちまけるぞ、と。二人の間には、険悪極まりない空気が充満したことだろう。

「ようやく、事件の概要が見えてきたようですな」

「つまりは、練馬で刺された円藤茂樹こそが、北条鬼炎」

だとすると、陶子の自宅マンションに電話をかけてきたのも、円藤ではないか。あるいは鬼炎にもっとも近しいところにいるエージェント、と陶子は根岸の言葉に心の中で意見を付け加えておいた。

少なくとも陶子の中では、事件は終了した。友人でカメラマンの横尾硝子など、「あんたほどトラブルに巻き込まれやすい旗師は、他にいない」と憎まれ口を叩くが、いつの場合でも陶子が望んでそうなるわけではない。旗師ならば誰でも遭遇しうる偶然に、プロとしての信念が絡むと、必然の方向性が生まれて、トラブルに成長してしまうだけのことだ。クサんだものを平気でたらい回しにすることが、「腕の良い旗師」と呼ばれる条件であったとしても、そうした輩《やから》に陶子は決して与《くみ》しない。他の業者から疎んじられ、あるいは指弾されたとしても、である。

だからといって、自らトラブルに身を投じる必然性など、どこにもない。入手した円空仏は、レプリカとして捌けばよいだけだし、それで陶子の商売は十分に成立する。

事件のことは練馬署の二人の警察官に任せておけばよい。

ただし、円空という造仏聖のことは、陶子の記憶に刻みつけられることになった。

飛騨の国の代官を務めた長谷川忠崇は、その著作の中で『姓氏或ハ何国ノ産何レノ宗派トイフコトヲ不知』と記しているが、現在では岐阜県羽島市上中町中《かみなかちょうなか》あたりを、生誕の地とする説が広く流布しているという。別資料によれば二十三歳で出家。造仏に没頭し始めるのは意外に遅く、三十二歳で岐阜県郡上《ぐじょう》郡美並《みなみ》村根村の神明神社に、三体の仏像を造顕したのが始まりという。そこから円空の長い彷徨《ほうこう》が始まる。

三十五歳で津軽へ。その地を追われるように蝦夷地《えぞち》へ渡り、各地の洞窟、粗末な小屋に籠《こ》もってひたすら造仏に励んでいる。

北海道から名古屋、そして岐阜。奈良、茨城、長野、栃木、滋賀と、その足跡は日本全国を跨《また》いでいる。あるいは、なにかに追われていたのではないかと、疑念を差し挟みたくなるほどの、漂泊の一生だ。

その姿に、ふと北条鬼炎という人物が重なった。

――ワタシハナニカ、大切ナコトヲ見落トシテハイナイカ。

二人の警察官とのやりとりで、事件は収束に向かうはずだった。が、そうではないことに気づいたのである。

「わたしはなんて大馬鹿なんだろう！」

三十年前の新宝デパートにおける偽物事件で、もう一人大切な登場人物がいたことを陶子は思い出した。正確には、その人物について、なんら考査を試みなかった己の愚かさを、思い知った。

「いったい誰が、何のために事件を告発したの!」

抑えようとしても抑えきれない好奇心が、少しずつ胸の中に、頭の中に募《つの》ってゆくのを感じた。

三

宇佐見さんですか、練馬署の根岸です。先日の件ですが、入院中の円藤に直接当ってみました。それが、どうも奇妙な雲行きになっていましてね、それでお電話を差し上げました。円藤の奴、大槻寛二なんて知らない、刺された理由もわからないの一点張りなんで、思い切ってぶつけてみたのですよ。お前が北条鬼炎だろうって。でなければ代理人ではないのか、とね。北条の名前を聞いた途端、奴さんがひどく狼狽《ろうばい》しましてね。こりゃあ落ちるのも時間の問題だと確信したのですが、そうじゃなかった。円藤は、定年を迎えた小さな商社に勤務する以前に、なんと新宝デパートの企画課にいたというじゃないですか。ええ、仰有るとおりです。例の円空仏展示会の企画に携わっていたそうです。ところが展示会がああした形で中止になってしまい、その責任をとってデパートを退社したというんですよ。エッ、展示会をぶち壊したのは誰かですって。その件についてはわたしも気になりましてね、円藤に問い質してみました。すると、驚くじゃありませんか。どうやら鬼炎本人が、深夜密かに展示会場に忍び込んで、悪さをしでかしたようなんです。おおかたトイレにでも隠れていたのでしょう。宇佐見さんが教えてくれましたね、例の「炎」の隠し文字。あんなものが彫り込まれていることを、誰も知らなかったとか。だからこそ「鬼炎本人がやったに違いない」と円藤はいうわけです。北条鬼炎が自分の人生を狂わせたと捲したてていましたが、どうでしょう。かなりの信憑性《しんぴょうせい》があると、わたしは見ていますよ。けれど、辻褄《つじつま》が合わない？　そうですね。偽物の円空仏が売れてくれれば、北条の懐ろだって相当に潤うわけです。それを承知で偽物を製作したのでしょうからねえ。どうしてわざわざ儲け話をぶち壊すような真似をしたのか。なにか思い当たることはありませんか。どうにもこの世界のことはよくわからない。ねえ、宇佐見さん。

陶子は、千葉へと向かう車の中で根岸からの電話を受けた。

首都高速から京葉道路、東関東自動車道と車を走らせ、佐倉インターチェンジで一般道へと降りた。国道二九六号線を北上しJR佐倉駅を過ぎると、やがて左手の小高い丘に白い建物が見える。

――国立歴史民俗博物館。

受付で「宇佐見陶子です」と名乗ると、すぐに研究棟に通された。「民俗研究部」のプレートのかかったドアをノックし、もう一度名乗ってから、室内に入った。

「お久しぶりですね」と、白衣の男が笑顔で立ち上がった。胸の名札に「教授・高嶋」とある。

「すみません、無理をいって」

「気にしないでください。宇佐見さんならいつでも歓迎です」

骨董業者と専門機関の研究者は、一般的には互いに相容《あい》れることのできない仇敵関係にあるとされる。骨董業者が「商品」として取り扱う品々が、とりもなおさず研究者にとっては貴重な資料である場合が多々あるからだ。「この世からあらゆる骨董業者を駆逐すべし」と、公言するぶっそうな歴史学者もあるやに聞く。

一方で、骨董業者と良好な関係を保ち、互いに共存することを旨とする研究者も、ごく稀《まれ》にではあるが、いる。フットワークの面のみを語るなら、骨董業者のそれは研究者を遥《はる》かに凌《しの》ぐことはいうまでもない。ならば全国に触手を張り巡らせる出先機関がわりに、業者と手を結ぶ方が得策だと、考える人々だ。要するに「珍しいものが手に入ったらまず第一に当方に回してくれ」それも格安の値で、と学者ならではの無邪気な貪欲《どんよく》さを遺憾なく発揮しているだけなのだが、業者にとっても手蔓《てづる》を作っておいて悪い相手ではない。

高嶋もまた稀有《けう》な研究者の一人であり、陶子は幾度か彼の元に商品を納めている。

「木地師について知りたいと、電話で仰有っていましたね」

「はい。いつだったかここの展示室で、資料を拝見したことを思い出したものですから」

「第四展示室ですね。だったらそこで説明しましょうか」

「でも……いいのですか」

「気にしないでください。夏休み明けの、しかも平日では見学者なんてほとんどいません」

研究棟からエントランスホールへいったん出て、そこから地下へ通じる階段を下った。正面中庭の右手が第四展示室である。

「見学者なんて」という言葉を裏付けるように、まったくひと気のない展示室で、高嶋が話を始めた。

木地師とはそもそも何者か。山中の木々を加工して椀《わん》などの器を作ることを生業とした職人である。轆轤《ろくろ》を用いることから轆轤師、木地屋、生地挽きなどと呼ばれることもある。伝説によれば彼らは文徳天皇の第一皇子・惟喬《これたか》親王を始祖に仰ぎ、良材を求めて全国を渡り歩いたという。その証として、彼らは皆《御綸旨《ごりんじ》》なる山中往来の自由、資材伐採の自由を認める特許状を所持していた。とはいえ、その多くは偽作や単なる写しで、どれほどの価値があったかは定かではない。近江国小椋《おぐら》郡が木地師の本貫地――本拠地――といわれるが、隣接する美濃にも古くから木地師の伝統技法が伝えられたという。

「美濃にも、木地師がいたのですか」

突然の質問に、高嶋が当惑したように「ええ、まあ」と応えた。

マタギや木地師、踏鞴《たたら》師といった人々は、ひとくくりに「山の民」と称されることが多い。いずれも漂泊と採取の自由を保証された人々であり、もしかしたら根源は同じところにあって、いつからか分業化したのかもしれない。中でも木地師とマタギは移動性に富んでいて、互いに交流があったともいわれている。

「先ほどからずいぶんと気にしているようですね、その像を」

高嶋が陶子の視線を読みとっていった。視線の先には写真資料が展示されている。

「山形県立石寺に保存されている磐司《ばんじ》磐三郎像ですね」

「磐司……磐三郎」

「マタギの始祖といっていいかもしれません。マタギがもつ特許状を《山立《やまだち》根元之巻》といいます。そこには弓の名人である磐司磐三郎が日光権現を助けて赤城明神を倒した功により、狩猟御免の許しを得た、とあります」

「この像、木地師が作ったとは考えられませんか」

陶子の言葉がよほど唐突に聞こえたのか、高嶋は首を傾げながらもなにも応えなかった。バッグから一冊の本を取りだし、ページを開いて見せると、ようやく「これは……」と、高嶋の唇が動いた。

「似ているとは思いませんか」

「確かに。似ているといわれれば確かに似ているが」

「右から天照皇太神、阿賀田大権現、八幡大菩薩です」

陶子が示したのは制作年代の明確な、しかももっとも早い時期に円空が造仏したとされる三像の写真である。

「円空というと、確か全国を放浪したとされる。まさか宇佐見さんは、磐司磐三郎像も円空が作ったといいたいのですか。それはまずないでしょう。制作年代にもかなりのずれがありそうだ」

「違うんです。磐司磐三郎の像を円空が作ったのではなく、円空があの像を作った人間と同じ技術を会得していたのではないか。そしてその技法とは、木地師ならば誰もが身につけていた、基本技術ではなかったのか」

そういいたいのですと、最後の言葉に力を込めた。

円空が木地師の出身ではないか、と教えてくれたのは在野の研究家である鈴本だ。

もっとも、それとて彼のオリジナルではない。昭和五十五年、宗教民俗学者の五来重が著作の中で、すでに円空木地師出身説を唱えている。

「いかがでしょうか」という問いに、高嶋は戸惑いを隠せないのか、

「今の段階で断定などできるはずもありません。造形的に似ているだけでは」

「可能性は、十分にあると」

「いえ、あなたの説が否定できない、という程度です。けれど」

言い淀《よど》む高嶋の目の奥にあるのは、探るような光である。

円空が木地師の出であることを証明できたとして、それがあなたとなんの関係があるのか。一介の旗師に過ぎないあなたが、なぜ円空仏ではなく、円空その人に興味を持たねばならないのか。

高嶋が突き出した拳から親指のみを立て、床方向を指さしながら「もしかしたら？」といった。

「だとしたら、どうします？　お聞きになりたいですか」

「まったく意地の悪い人だ。そちらの方面に首を突っ込むことは、僕たちにとって極めつけの御法度《ごはっと》だと知っているくせに」

床を指す親指は「贋作関係」を示している。

「実のところ、可能性は半分半分なのですよ」

「かなり微妙な言い回しですね」

「高嶋さんを巻き込まないための配慮だと、お察しください」

「冬の狐《きつね》は、化かすのがうまいんだから」

陶子は唇を少しだけ動かして、笑みらしき表情を作った。


三十年前の新宝デパートでの企画展を誰が潰したのか。

はしなくも先ほどの根岸からの電話で、それが北条本人によるものであることが判明したが、実のところ、陶子は早くからその結論に辿《たど》り着いていた。隠し彫りのことをもっともよく知っているのは、本人以外にないという、これもまた根岸からもたらされた情報とまったくおなじ思考の路筋《みちすじ》を辿り、北条犯人説を確信していた。

では、なぜ北条鬼炎は自らの作品を台無しにするという暴挙に走ったのか。

陶子は二人の警察官と別れて後、二日ほどかけて例の瀧川の元にあった円空仏を都内および近県の同業者に見せて回った。真作であるともレプリカであるともいわず、ただ「こんな物を手に入れたので」とだけいって、彼らに鬼炎円空仏を見せたのである。


その結果、これは紛れもない円空であると断言した業者が五人。うち二人は双方とも「文化財指定の件があるから、あくまでも秘密裏の取引なら」と条件を加えた上で、二百万前後の値を付けた。

円空は怖くて手が出せないと判断を遠回しに断ったものが六人。

鑑定にかけたいから預からせてくれといったもの二人。

十三人はいずれも仏像・仏具関係の骨董を得意としている業者をあえて選択した。いわばそのジャンルの専門業者といってよい。そのすべてが鬼炎円空を否定していない。中には、これが瀧川のコレクションから陶子が買い取ったものであることを、すでに知っている業者もいたはずだ。それほど狭い世界である。けれど、誰一人として「偽物である」と否定することができなかったところに、陶子は北条鬼炎の真実を見た気がした。

北条は円空仏の贋作者になることを望んではいなかった。

彼は円空その人になりたかったのではないか。

円空仏は、その技法、表情、造形と様々な要素で人々を魅了してやまない。現代彫刻家の中にも、あくまで精神面であるが、円空に近づきたいと願う者が少なからずいると聞く。だが北条鬼炎の思いは、さらに激しかった。円空に近づきたいのではない。自らの中に円空を完璧に甦《よみがえ》らせ、我こそは昭和の円空であると、高らかに宣言したかったのではないか。純粋無垢《むく》といえば響きはよいが、極めて独善的な、しかも邪《よこしま》な思いを抱く者達にとっては、実に御しやすい一途な情念が、鬼炎にはあったのだろう。

こんな誘いがあったかもしれない。

鬼炎さん。あんたの思いにわたしも賛同しようじゃないか。いやいや、あんたの腕にすでに円空が宿っていることは、十分に承知しているよ。あとは、世間の連中にそのことを知らしめてやるのみだ。どうだい、あんたが作った円空仏を未発見の正真物として、展示会を開いてみては。会が成功のうちに終わり、世間の賞賛と興奮が冷めやらぬうちに「実は、これこそは昭和の円空こと北条鬼炎が制作したものなり」と、真実を明かしてやろうじゃないか。

北条鬼炎は秘密の頒布会が企画されているとはつゆ知らず、彼らの誘いに一も二もなく乗ったことだろう。彼らとはいうまでもない。円藤茂樹ら新宝デパートのグループである。無論、どこかの骨董業者も関与していたに違いない。

だが鬼炎には鬼炎の、新宝デパートグループには新宝デパートグループの秘密と思《おも》惑《わく》とがあった。自らの作品が、円空仏の正真物として販売されることを知った鬼炎は、怒りにまかせて自らの抱える秘密を暴露するに至ったのだ。己の円空仏と正真物の円空仏、二つの仏像を明確に見分けるために、密かに彫り込んでおいた炎の文字を、マーカーでなぞって明らかにしてしまった。

これが三十年前に起きた鬼炎円空事件の真相ではないか。

そう思い立ったとき、鈴本から聞いた「円空木地師出身説」が、勃然と脳裏に甦ったのである。北条鬼炎がそこまで円空にのめり込んだ理由。五来重は茨城県笠間市の月崇寺《げっそうじ》に残される観音像の背銘に、

『万山護法諸天神　延宝
御木地土作大明神　八年庚申秋
観世音菩薩　九月中旬』

とあることから、円空が木地師の出身であることを解説している。「土」という文字は「士」の誤記で、本来は「木地士（師）」と読む、というものだ。

北条鬼炎にその知識があるとは思えない。にもかかわらず彼は、五来重が指摘するずっと以前から、本能的に円空が木地師出身であることを知っていたのではないか。直感といってもよい。なぜなら、

——北条自身も木地師の一人だったから。

円空仏との出逢いは偶然であったかもしれない。だが激しく心魅かれるものを感じた鬼炎は、自ら習作に取り組んだのではないか。そのとき彼は知るのである。自らの手に、すでに円空の魂が、いや、円空もまた身につけていたであろう木地師の基本技術がすでに宿っていることに。

我は円空。

鬼炎が口にしたであろうその一言を、意識の奥深いところで陶子は聞いたように思った。

北条鬼炎のことをもっと調べる必要がある。これは誠実な旗師としての義務でもある。なぜなら鬼炎を正当に評価すれば、手元の鬼炎円空はもっと高値で捌くことができる。これを旗師の義務といわずして、なんという。

わき上がる好奇心に職業意識の衣を強引に被《かぶ》せ、陶子は国立歴史民俗博物館にやってきたのである。

高嶋への説明はごくごく簡単に済ませ、

「ところで、木地師はその後どうなっていったのでしょうか。今もその技術を伝承する集団は」

質問したが、答えはあまりに素っ気なく、そして残酷だった。

「明治以降、木地師の集団は次第に土地に定着を始めます。戸籍制度と土地所有権の確立が、彼らの存在を許さなくなってしまったのです。やがて彼らは一つ所に落ち着き、木材加工業者へと変化してゆきます。それぞれの元締めが奉加帳を残していますが、確か明治の半ばで途切れているのではなかったかなあ」

「それ以降も、昔ながらの木地師として生きていた人は」

「いたと思いますよ。人はさほど急に生活環境を変えられるものではありません。ましてや、惟喬親王を祖に仰ぐ誇り高き人々ですからね。きっと幾人もの木地師が、その後も全国を渡り歩いたことでしょう。けれどそうした人々の記録は、今のところ残されてはいません」

さしたる成果を得ることもできなかったが、陶子は満足だった。少なくとも陶子の仮説は、完全に否定されたわけではない。それどころか「長く木地師を続けた人々がいたであろう」という高嶋の言葉に、確信めいたものさえ感じたほどだ。

北条鬼炎は、現代日本に残る数少ない木地師の一人だった。

「ただしその足跡は杳《よう》としてしれない」

彼は、三十年前に自ら円空となるべく鬼炎円空を制作した。

「だが、三十年の時を経て、なぜ彼が鬼炎円空を甦らせたのかは不明だ」

帰りの車の中で、これまでにわかったことと新たに浮かび上がった疑問とを、交互に繰り返した。

「なんだ、結局はなにもわかっていないに等しいじゃない」

そう口にしながら、陶子は笑みを抑えられなかった。

「でも北条鬼炎。わたしは必ずあなたを捕まえてみせる」

それまで評価の光を浴びることなく、ひっそりと咲く陰花の如きものを、人々の前に引っぱり出し、そのすばらしさを世間に認識させる。これまで誰も手を付けることのなかった、究極的にウブい逸品が、今、陶子の手の中にある。こうして心躍らせることは、旗師の正義に背くことにはならない。

陶子のことを「トラブルメーカー」と呼ぶ親友の横尾硝子に向かって、「今度はトラブルじゃないんだから」

ハンドルを操作しながら、呟いた。


その夜。すでに眠りについていた陶子の携帯電話が鳴った。

「もしもし、冬狐堂かい」

声の主は大槻だった。

「どうしたんですか、いったいなにがあったのですか」

「知っているくせに、惚《とぼ》けるのがうまくなった」

どこにいるのですか。北条鬼炎とあなたはどのような関係にあるのですか。なぜ円藤という老人を刺したのですか。あなたは鬼炎の居場所を知っているのでしょう。

重ねた問いに大槻が寄越したのは、

「北条鬼炎は、もうこの世にはいないよ」

という一言だった。

四

昭和二十一年、東京。十二歳だった。頼みとする親を終戦直前の大阪空襲で失い、天にも地にも寄る辺のない身の上だった。荷物一つ持つわけではなく、溝鼠《どぶねずみ》さながらの身なりで——といっても周囲もたいして変わりはなかったが——東京に出てきたのは、大阪で大抵のことをやり尽くし、もうあの土地で生きてゆくことが難しくなっていたからだ。

生きてゆく。たとえ明日の希望がなくとも、人は生きてゆかねばならない。手に職もなく、非力なちっぽけな存在であっても、生きることを考えなければならない。当然ながら生業などと胸を張れるものなどなかったから、日々の方便はもっぱら掻っ払いに頼っていた。とはいえ、ろくに飯も食えず、針のように細った手足しか持たない小僧に、まともなわるさなどできようはずもない。成功するのはせいぜい三度に一度で、あとは追いかけられ、とっつかまって顔の形が変わるほどぶん殴られた。誰もが生きることに殺気《さっき》立っていた時代だ。生きるということは人様の命を縮めて、初めて可能だと思っていた。相手が子供だからといって、振り上げた拳に手加減をするものなど一人としていなかった。

ある夜のことだ。夕方近くに掻っ払いに失敗し、半死半生になるまで暴行を受けて、新橋のガード下に転がっていた。医者ではないから他の部分の正確な判断は無理だが、右腕の骨が折れていることだけは確かだった。肘《ひじ》と手首の中間あたりが真っ赤に腫れあがり、吹き抜ける風に触れただけで、呻《うめ》き声が漏れた。

「朕《ちん》はタラフク食ってるぞ、ナンジ人民飢えて死ね」

そんな文句の書かれたプラカードをかかげ、人の群れが行進するのを見たのは、確か五月のことだ。その少し前には、なんとかいう歌舞伎役者の一家が、ぶち殺された。食い物の恨みだったそうだ。

ああ、腹が減ったな。

上野や新宿では台湾、朝鮮の連中が闇市でしこたま儲けているそうだ。今度はそちらにヤサを移してみようか。それにしても腕が痛いよ。畜生め、それに寒い。ああそうだ、もうすぐ十月だもんな。秋が過ぎたらあっという間に冬だ。早いところ、準備をしておかなければ。にしても、身体が動かんぞ。参ったなあ。

遠くで聞こえていた喧噪《けんそう》が、いつの間にか祭囃子《まつりばやし》に変わっていた。

なんや、ここ、淀川沿《の》いやんか。いつのまに帰ってたんかなあ。

ありゃ、痛みが失うなってきたわ。眠い……かなあ。

もう駄目だと思ったよ。ここで朽ち果てるのが己の運命だと、諦めたつもりだったが、人はそう簡単に死なないようにできているらしい。

目が覚めると、小汚い小屋の板の間に寝かされていた。右腕には、細い板きれがゲートルで巻き付けられている。明かり取りから射し込む光の中に、二つの人影があった。大きい人影が「起きられるなら、そこにふかし芋がある」といったようだ。腕の激痛も構わず、跳ね起き、笊《ざる》の芋にむしゃぶりついた。ふかし芋などではなかったかもしれない。人影も「食べろ」とはいわなかった気がする。けれど、口の中には確かに食い物の感触があったし、舌も歯もその機能を駆使する幸福に酔いしれた。

人影は北条喜八といった。横の小さな人影は樹十《きじゅう》。

木地師といわれても、何のことかまったく理解できなかった。

木地師ってなんだ。

鉈《なた》一丁、轆轤《ろくろ》一つもってさえいれば、全国どこを渡り歩いても生きていける職人だ。なにせ木地師の始祖は畏れ多くも惟喬親王だ。御綸旨さえあれば、どこの山に分け入ることも、そこでどれほど木々を伐採することも許される。木地師には戦《いくさ》も天皇さんも関係ない。ましてや軍部の馬鹿ども、特高警察、進駐軍、誰にも縛られず、縛る法すらなく、気ままに生きてゆける。普段は山から山を巡る渡り暮らしだが、こうしてたまには人里に降りて、こさえた椀や盆を売り歩くこともある。

ついてくる気があるなら、これから儂《わし》のことを父と呼べ。樹十も同じ孤児だが、こいつは今日から兄さんだ。

そんなものがあることさえ忘れていたはずの、家族ができた。

というと、北条喜八が生き仏のように聞こえるかもしれないが、実のところあれが欲しがっていたのは体《てい》の良い小間使いだった。弟子という名の奴隷《どれい》。己のかわりに山野を巡らせ、目に適《かな》う材料を伐採してこなければ、容赦なくぶん殴る。轆轤の技を教えてくれたのだって、自分の手間を少しでも省きたいからだ。

誰かに見とがめられたら、御綸旨を見せてやれ。なにせ惟喬親王より賜った御免状だ。

といわれたって、そうはうまくいくものか。樹十と二人、山の持ち主に追われて逃げ回ることも度々だった。おかげで足腰だけは誰よりも逞《たくま》しくなったが。

救いといえば、生き死にの飢えに苛《さいな》まれることだけはなくなったことだ。喜八の作る椀も盆も、戦後間もなくだというのによく売れた。度重なる戦災で、街の人間ほど家財道具をなにもかも失っていたせいかもしれない。瞬く間に数年が過ぎ、やがて世間が落ち着くと、喜八の木製品は、戦前と同じく——その頃のことは、話に聞いただけだが——、全国の塗り物師や、その他加工品職人に高く売れるようになった。もっともその頃になると、製品の半分以上を樹十が作るようになっていた。その腕の確かさは、傍目《はため》から見ても惚《ほ》れ惚《ぼ》れするほどだった。ひとたび樹十が鑿《のみ》を握り、轆轤を回せば、どれほど堅牢な材料も羊羹《ようかん》か粘土細工にしか見えなかった。優美な曲線も至難の造形も、樹十の手指は融通無碍《むげ》の手腕を発揮して作り出すことができた。

けれど相変わらず、財布の紐《ひも》だけは喜八は握って放そうとはしなかった。長年の大酒がたたって、まともに轆轤さえ挽けなくなっていたというのに。いや、だからこそ、奴は銭勘定にこだわったのだろう。

お前ら二人、儂がいればこそ今こうして生きていられるのだと、それがいつの間にか口癖になっていた。

弟子という名の奴隷を欲していただけだといったが、案外、喜八の中には仏心もあったかもしれない。だからこそ、長年にわたって家族のふりをすることができたと、今は時々思うことがある。どうでもいいことなんだが。

あれは、いつだったか。木地師暮らしが十年過ぎていたか、十五年過ぎていたか。

樹十は不意に姿をくらましてしまった。喜八の世話にも、放浪の生活にも厭《あ》きたのだろうか。それこそ日に当たった朝露みたいに、気がついたら樹十はいなくなっていた。

そうなれば、喜八との生活は、荒れ放題だ。惟喬親王も御綸旨もあったものじゃない。

さて、どこまで落ちてゆくのだろうか。世間は高度経済成長だ、国際化だといっているというのに、こうして山の暮らしで朽ち果ててゆくのだろうか。

けれどそんな生活はある日、ぷっつりと幕を下ろすことになる。

喜八が死んだのさ。三月だったかな。飛騨の山中に小屋掛けをしているときだった。卒中だったのか、あるいは炭毒《すみどく》にやられたのか、目が覚めるともう冷たくなっていた。胴巻きを探ると、分厚い革の財布が出てきたよ。人をさんざこき使って、たいそうなお宝を溜め込んでいやがったんだ。もちろん、手を合わせてありがたく頂戴したよ。警察を呼んで面倒になるのはいやだったし、葬式をあげてやる義務もない。森の片隅に喜八を埋めて、長かった山の暮らしは終わったんだ。

喜八の残してくれた金を元に、なんだかんだと生きる算段をした挙げ句、結局行き着いたのは銘木屋だった。長い間、木目と格闘してきたからな。これが一番性に合っていたんだ。そのうちに、裏の商売にも手を染めるようになった。

そんなときだよ。姿を消したあの日の光景を、逆回しするみたいに、樹十が現れたんだ。

今は北条鬼炎を名乗っている。名前などはどうでもいいが、お前のことを耳にしたときには、驚いたぞ。

そういって鬼炎は懐ろから五寸ほどの仏像を取り出した。円空仏のことは耳にしていたし、実物を見たこともある。隠し立てすることでもないからいってしまうが、偽物を作ろうとする連中に、材料を回したこともあったんだ。

円空仏の贋作か。

馬鹿をいえ。円空そのものになるんだ。この腕には円空が宿っている。ある日、ふと目にした円空に引き込まれて、自分でも造仏を試みたんだ。驚いたぞ。目の奥に焼き付いた円空仏を、この手はほぼ忠実に再現して見せたのだから。

樹十、いや鬼炎は誇らしげに語り、そして材料がほしいといった。さるデパートで、円空仏の展示会を開くという。

なんだ、やはり贋作じゃないか。

違うんだ。これには仔細《しさい》がある。詳しいことは今はいえないが。

二週間ほどかけて、鬼炎の欲しがる材料は、すべて揃《そろ》えたよ。その間に新宝デパートのこともちょいと探ってみた。どんな話が鬼炎に持ちかけられたか、その裏にどんな薄汚れた意図が隠されているか。すでに裏の仕事に手を染めていたから、簡単に察することができた。当然のことだが、注意しろと鬼炎に告げたんだ。それがいけなかったのかな。鬼炎は展示会をぶち壊しにして、また行方をくらませてしまった。その直前だったかな、電話があったよ。

「円空とは、悟りの境地のようなものだ。だが、俺にはそれを証明しきれなかった。おまけにひとたび贋作者としての……汚名を背負ったからには、二度と再びそれを証明することは許されない」

一言一言嚙みしめるみたく、しゃがれた声がそう告げたんだ。その声は、今も忘れることができない。

以来、奴には会っていないんだ。

　大槻は、それだけいって沈黙した。

　長い長い電話のようでもあったが、もしかしたらさほどではないかもしれない。

「けれど、それでは鬼炎が亡くなったことも」

「俺にはわかるんだ。兄弟だからな。でなければ、三十年もの間、沈黙しているはずがない。奴は間違いなくもうこの世にはいない。誰かが鬼炎の技術を継承したんだ」

「誰か、というと」

「それを俺は今探っている。鬼炎の亡霊が姿を現したとなると、円藤が関わっていることは、ほぼ間違いない」

「どうしてそう言い切れるんです」

「情報を集めるのはお手のものなんだよ。それでナイフをちらつかせて、いや本当に脅すだけのつもりだったんだが、興奮してあいつがむしゃぶりついてきたものだから、剣呑な結果になってしまった」

　むしゃぶりついてきた、というだけで、円藤が甦った鬼炎円空に一枚噛んでいることは確かだと、大槻はいう。

「でも、どうしてそれをわたしに」

「知らないと思っているのか。お前さんの後ろに、怖い旦那方が控えていることを。俺の情報網も舐《な》められたものだ」

それが、練馬署の根岸と四阿を指していることは明らかだった。

「俺が現れたことで、奴は動揺している。あとひと押しで必ず尻尾《しっぽ》を見せるはずなんだ」

「わたしに、メッセンジャーになれと？」

「頼むよ。信頼できるのはあんただけなんだ」

大槻のような男の口から「信頼」などという言葉が出ること自体、そもそも尋常ではない。滑稽ですらある。けれど大槻の言葉付きはどこまでも真剣だった。

大丈夫。すでに警察は動き出しているし、鬼炎円空についても、そのことで円藤を追及している。そう告げる前に、「頼んだぞ」とだけいって、大槻の電話は切れてしまった。携帯電話の切断ボタンを押すのも忘れて、陶子は考え込んだ。

鬼炎円空を巡る三十年前の事件は、陶子が推測したとおりであった。

——それにしても。

戦後間もなく木地師を名乗る男に拾われ、世間の復興と繁栄に背を向けるように山から山へと渡り歩いた、二人の少年の姿が目に浮かんだ。長じて一人の少年は昭和の円空を目指し、もう一人は裏の仕事にも手を染める銘木屋に。そして二人の長い空白の時を埋める役割を果たした円空仏。

「どうしても許せないのですね」

つい先ほどまで、携帯電話の向こうで話をしていた大槻に向かって、陶子は話しかける。兄と慕《した》い、また木地師としても尊敬していた北条鬼炎が、今また汚されようとしている事実に、大槻は傍観者でいることができないのだ。古材に囲まれ、眠るように生きてきた現代の隠者は、すべてをかなぐり捨てようとしている。

――では、わたしは。

自らのスタンスをどこに置くべきか、陶子は迷っていた。

大槻のいうように、鬼炎がすでに死んでいるならこれ以上の詮索も行動も、すべては無駄になる。たとえ鬼炎が昭和の円空を目指したことが事実でも、今のところは単なる円空の模倣者でしかないし、ましてや陶子の元にある鬼炎円空が、後世の模倣となるとその価値はないに等しい。今も鬼炎が生きていればこそ、そして彼の技が本物であることが世間に認められてこそ、鬼炎円空はまったく別の次元で光を放つことになる。

あくまでも陶子が旗師であることにこだわるならば、である。

冬狐堂のことはしばし忘れることにして、市井の一コレクター・宇佐見陶子としてなら、話は別だ。北条鬼炎のことも大槻のことも、そして甦った鬼炎円空の亡霊についても、興味は尽きることがない。

「やはり、トラブルメーカーなのかな」

いや違う、と陶子は自らに言い聞かせた。大槻は「北条鬼炎はこの世にはいない」と主張するが、あくまでも彼一個人の意見と感慨《かんがい》に過ぎないではないか。鬼炎は今もどこかの地に暮らしていて、突然三十年の沈黙を破る気になったのかもしれない。この件にのめり込んではいけない。けれどあえて傍観者を決め込む必要もない。

そのことを幾度も自らに言い聞かせて、陶子は眠りについた。

五

いっこうに火をつける気がないのか、煙草のフィルターを唇だけでくわえたり、胴のあたりの香りを嗅《か》いだりしながら、根岸は陶子の長い話に聞き入っている。

というわけです。これが三十年前の鬼炎円空事件の真実です。

陶子が語り終えても、根岸の態度に変わりはない。それどころか、北条鬼炎と大槻の生い立ちとその奇縁についても、まるで興味がないようだ。この日四阿の姿はなく、そのことを問うと「ええ、ちょっと」と話をぼかすばかりでまったく要領を得ない。

それぞれの要素が綯《な》い交ぜになり、陶子は次第に苛立ちを募らせていった。

「どうやら、根岸さんには関係のない無駄話をしたようです。お時間を取らせてしまってすみません」

「そんなことはありませんよ。十分に興味深い話です」

「ですが、あなたは今回の事件と三十年前の事件をまったく別の物と考えている」

「そんなことはありません」と繰り返す根岸の言葉が、白々しく聞こえた。

刑事事件に発展したわけでもない些細な出来事など、反応するに価しないというのだろうか。

「終戦直後の話……ですか」

「根岸さんはご存じですか。その頃のことを」

「こう見えても戦後の生まれなんです。といっても朝鮮戦争が起きた年ですから、戦後戦後と若ぶることもできないのですが」

朝鮮戦争が昭和二十五年の発生であることくらいは、陶子も知っている。そこから根岸の年齢を割り出すことは簡単だが、そうする気にもなれず、陶子は立ち上がろうとした。

「で、話のどこまでが本当なのですか」

あまりに唐突な根岸の言葉に、僅かな間、我を忘れた。幾度か目を瞬かせて精神の態勢を整えようとするのだが、うまくいかなかった。

「どこまでって、その」

「言葉が足りなかったのなら、謝ります。宇佐見さんは、大槻の話をどこまで信用しているのですか」

「彼の話に嘘があると？」

「相手は、贋作づくりに平気で関わるような男なのでしょう」

「贋作者がすべて嘘つきではありません」

「違いますね。平気で嘘がつけるからこそ、贋作者になるのです」

ひどく稚拙《ちせつ》な正義感を振りかざしているようだが、実のところ根岸の言葉はまったく正しい。贋作という行為そのものが嘘の体現といってよいのだから。

——この人は、わたしに対して腹を立てている。

陶子はようやく根岸の感情の一端を理解した。大槻寛二は傷害容疑で追われている身だ。彼から連絡があったのなら、なぜすぐにでも当方に報せてくれなかったのか。あなたは協力者であって捜査員ではない。いうなれば鵜飼《うか》いの鵜のようなもので、仕入れた情報は自ら飲み込むのではなく、すぐに吐き出してもらわねば困る。

根岸の表情は、先ほどからそういっているのではないか。

「では根岸さんは、すべて大槻の口から出任せだと」

「そうはいっていません。けれど、あなたにそんな大昔のことまで話すなんて、意味がないじゃありませんか」

「そうでしょうか。過去にまで遡って鬼炎との因縁を話さなければ、とても信用してもらえないと思ったのではありませんか」

「それにしても話が出来過ぎている。木地師の元で育てられた二人が、やがて贋作者と、彼らに材料を提供する銘木屋になっただなんて」

「偶然でしょうか。わたしには必然としか思えないのですが」

それは見解の相違に過ぎませんと、根岸の言葉はにべもない。

もしかしたら、木地師に育てられたのは大槻一人だったのではありませんか。彼はやがて円空に魅せられ、自らが円空の贋作に手を染めるようになる。そのときに使っていた銘が北条鬼炎ではなかったでしょうか。だが、新宝デパートでの展示会直前にトラブルが発生——分け前のことで、揉《も》めたのかもしれませんね。怒りにまかせて大槻は展示会をぶち壊した。

言いつのる根岸に、陶子は圧倒された。

「大槻こそが、北条鬼炎だった、ですって？」と漏らすのがやっとで、あとは言葉にならなかった。

「それほど突飛な考えですか。北条鬼炎という男が実在したことは事実でしょう。けれどその顔を知っているのは、今となっては円藤茂樹しかおらんのですよ」

「確かに」

「そして大槻は円藤に接触して、彼を殺害しようとした」

「では、事件は大槻が話してくれたような偶発的な事故ではなく、殺人未遂であったと」

これはなにを意味しているのか。

「北条鬼炎こと大槻寛二は、三十年の月日を経て、再び円空仏の贋作に手を染めた。だが、運の悪いことにそのうちの一体が宇佐見さん、あなたの元に回ってしまった。しかも、です。運の巡り合わせは大槻に最悪で、あなたは贋作をよりによって大槻本人の元に持ち込んでしまった。あなたほどの目利きを巻き込んで無事でいられるはずがない。そのためには北条鬼炎そのものを幻に変える以外にない、と奴は考えた」

放浪の木地師・北条喜八に育てられた二人の少年の話も、すべて周到に用意された嘘の一つに過ぎない。

陶子は根岸の皺だらけの顔を見つめた。数限りない言葉の応酬が沈黙のうちに交わされ、やがて陶子は、「嘘でしょう」といった。最初に表情を崩したのは根岸だった。たぶん笑顔なのだろうが、あまりに深い、無数の皺が本当の表情をカムフラージュしている。

　──まるで……フェイクそのものじゃない。

「どうして、嘘だと思います」

「北条鬼炎を幻にしたいなら、円藤を狙うよりもわたしを狙った方が手っ取り早いじゃありませんか」

「あなたに横恋慕していたとか」

「そうでないことを誰よりもよく知っているからこそ、あなたの話が作り話であることを確信したんです」

「さすがです。ところで……その円藤ですが病院を抜け出しました」

　あまりに重要な事実を、それこそ今朝食べた食事のメニューでも話すさりげなさで告げられ、陶子は再び言葉を失った。根岸という警察官が、こうした奇襲めいた戦法を得意にしていると知りつつ、やはり翻弄されずにはいられない。きっと、こうしていつの間にか犯人は彼の手の内で踊らされ、我知らずに犯行を認めてしまうのである。

「結局のところ、大槻の狙い通りになったというわけです」

「もしかしたら、根岸さんもそれを狙ったのではありませんか」

「もちろん計算ずくで、といいたいところですが、実のところ完全に出し抜かれました」

「すると四阿さんは、そのせいで」

「あれは、別件の捜査に当たっていますよ。本来なら二人一組が原則なのだが、このところ署でも手が不足していて」

元となった事件そのものが傷害と軽く、しかも被害者の傷もさほどひどくはない。専従の捜査官を幾人もつけておくわけにはいかなかった、というのが事情のようだ。円空仏の贋作事件も絡んでいるのだからと、陶子は思うが、警察組織はそれほど融通がきかないのかもしれない。犯罪の種類によって細かく縄張りが区分され、容易に他の部署の獲物に手を付けることが許されないと、いつだったか別の警察官に聞いたことがある。

「とにかく。事件はすべての部分で手詰まりとなったわけです」

当方の手も。そして宇佐見さん、あなたの手も。と根岸がいって、ようやく煙草に火をつけた。

鬼炎円空への興味を失ったわけでもないが、陶子は旗師の日常に完全に戻っていった。地方の競り市に精力的に参加し、「冬狐堂が出張るってことは、今日はいい商いを諦めるしかないな」、「冬狐堂が出張るってことは、よほどに質の良いものが出るらしい。ひとつ狐を出し抜いてやるべよ」と、意味はまったく正反対だが、同じ種類の敵意の視線を背中に受けながら、主として北陸地方を飛び回った。

江戸時代後期もしくは明治初期の、布袋《ほてい》像香合を手に入れたのは金沢の市だった。楽山焼の面白い一品で落とし値は四万九千円。これを専門に扱う鎌倉の業者なら楽に七万の値で引き取るだろう。

ホテルの一室で、ぽってりとユーモラスな造形を飽きもせずに眺めていると、携帯電話の呼び出し音が鳴った。

はい宇佐見です。ああ四阿さんですか。ご無沙汰しています。先日は根岸さんから伺いましたよ。練馬署もてんてこ舞いだとか。そんな折りとは知らず、根岸さんを長話につき合わせてしまってすみません。

ごく一般的な挨拶のつもりだったが、途中から四阿の口調がただならないことに気づいて、精神のモードを切り替えた。

「宇佐見さん、今どちらにおいでですか」

「金沢です。ええもちろん仕事ですが」

「金沢！　そりゃあちょうどよかった。いやちっともよくないんだが、でもやっぱり都合がいい」

「どうしたんですか」

「そこから、岐阜県高山市に向かうことは可能ですか」

もちろん、不可能ではないと、頭の中にJR路線図を思い浮かべながら返事をした。

詳しいことは、あとで携帯電話のコンテンツサービスで調べることができる。

「なるべく早く、来ていただけませんか」

「何があったのですか、高山で」

「今朝早く、高山市内の小公園で男性の遺体が発見されました。上着の内ポケットに、古物商の鑑札が入っていました。所持者の名前は、大槻寛二」

「大槻さん!?」

高山署から神奈川県警厚木署を経て、練馬署へと連絡が入ったらしい。その過程で大槻が傷害の罪で追われていることが判明し、急いで四阿が現地に向かったという。

「ところが、古物商の鑑札には顔写真が貼付されていません。本人かどうか確認のしようがないのですよ」

「わかりました、すぐに支度をして伺います。到着時間その他は、後ほど」

いったん電話を切ってから、すぐに陶子は携帯電話のキーを操作し始めた。コンテンツサービスを呼び出し、最寄り駅を入力する。次に目的地。たったこれだけの操作で、ホストコンピュータが目的地までの道のり、電車の時刻表まで検索してくれる。陶子のように全国を飛び回るものにとっては、分厚い時刻表を持ち歩かずに済むだけで、ずいぶんとありがたい。一分もかからずに検索結果が出た。腕時計と携帯電話の液晶画面を見比べた。

「二十一時三十五分発の寝台特急日本海一号か」

時計はまだ八時前を指している。急いでフロントに電話を入れ、チェックアウトを指示してから、荷物を手際よくまとめた。

富山で高山本線に乗り換えると、猪谷《いのたに》駅に二十三時四十分到着。始発の五時三十三分までは六時間近くあるが、目的地の高山駅までは電車の走行時間にして約一時間。ここは四阿に迎えに出てきてもらえばよい。

チェックアウトを済ませ、金沢駅へと向かうタクシーの中で四阿に連絡を入れ、行動予定を告げた。お待ちしていますという一言が、困惑しきった四阿の精神状態を如実に表していた。

猪谷駅で四阿と落ち合い、そのまま遺体が安置されている病院へと案内された。

「いかがですか」

「間違いありません、大槻氏です」

検死解剖はすでに済ませているという、大槻の遺体と対面しながら、陶子は頭の芯に冷たい感触を覚えていた。生前は年齢不詳だと思っていたが、二度と開かれることのない双の瞼《まぶた》もそげ落ちた頬も、無残としかいいようのない老いを痛切に主張している。

直接の死因は窒息死ですが、胃の中から大量のアルコールが検出されました。今のところは事故死か他殺か、確定はしていません。両面で捜査を行う予定です。けれどどうして大槻がこんな所に現れたのか。

四阿の説明を、陶子はどこか遠いところで聞いていた。

「陶子さん、聞いていますか」

「はい、続けてください」

大槻の白蠟《はくろう》細工に似た頰を、まるで古材のようだと思った。

古材に囲まれ眠り続けたあなたは、いつしか彼らと同化していったのですね。ほら、こんなにも無駄な肉が削《そ》ぎ落とされて、まるで流木のようじゃありませんか。ほら

「これに見覚えがありませんか」

四阿が差しだしたのは、三センチほどの小さな木片である。厚さは数ミリ。

「これは？」

「大槻が握りしめていました。どうしてこんなものを後生大事に」

「その言葉通りですよ。彼にとってなによりも大切なものだったんです」

「こんな木っ端が、ですか」

「木っ端だからこそ」

終戦から十数年、全国の山を渡り歩いた大槻にとって、いや木地師の大槻と後に北条鬼炎を名乗る樹十にとって、もっとも身近な存在がこの木っ端だったはずだ。そう

いっても、四阿にはよく理解ができないようだ。眉間に刻んだ二本の皺が、大槻ばかりでなく陶子に対しても抱き続けているであろう、不信感を示している。

「大槻は、北条鬼炎に会いに来たのですよ、たぶん」

「というと、もしかしたら円藤茂樹を追って」

「それ以外には考えられません」

ただし、大槻は北条鬼炎が生存しているとは考えていなかったはずだ。今頃になって鬼炎を復活させ、またぞろよくないことを企む円藤と、その手先の贋作師に鉄槌《てっつい》を下すのが目的であったのだろう。

「……馬鹿な男」

「エッ、なにかいいましたか」

「馬鹿な男と、いったんです。自分が乗り込めば、贋作師はたちまち恐れ入るだろう、くらいに考えていたのでしょう。中には荒事を得意とする連中だっているというのに。長く裏の世界に生きていたくせに、そんなこともわからないなんて、本当に」

差しだされたハンカチで、ようやく自らの頰に滂沱《ぼうだ》の涙が流れていることに気がついた。

「根岸さんから聞きました。大槻と北条鬼炎は、兄弟同様に育てられたそうですね」

「だからこそ、鬼炎の名に今また泥を塗ろうとする輩が許せなかったのでしょう」

「裏切りと騙しが日常の骨董の世界。さらにその暗部を生き抜いてきた男にしては」

「センチメンタルが過ぎますか」

——もしかしたら。

と陶子は考えた。

あるいは己の無力を、大槻は十分に知っていたのではないか。だからこそ木っ端を握りしめていたとは、考えられないだろうか。木っ端は工房で拾い上げたものに違いない。

ならばその場所を探し出せ。敵討ちなどと思ってくれずとも結構。この輩が二度と骨董の世界に戻ってこれぬように、永久に追放してくれ。

物言わぬ大槻の、最期の叫びを聞いた気がした。

六

『(略) 果たして円空は生涯に十二万体もの仏像を造り得たか。生涯行脚の造仏聖で知られる円空について、名古屋市荒子観音寺に伝えられる「円空上人小伝」は《純《もっぱ》ラ行基僧正ノ人ト為ル(リ)ヲ慕ヒ自ラ十二万ノ仏軀ヲ彫刻スルノ大願ヲ発シ》と書き記し、また元禄三年(一六九〇)九月二十六日、奥飛驒上宝村金木戸で造物された今上皇帝立像の背面には《当国万仏、十マ（万）仏作已（つくりおわんぬ）》の一文を本人が記している。すなわち、当国（飛騨）で一万体の仏像を作り終えた今、これまでの造仏数が全部で十万体となったといっているのである。

ひとくちに十二万体というが、その数を別の一面から計算すると、とんでもない数字であることがわかる。円空作といわれる仏像の中で、もっとも製作年代が古いとされる天照皇太神像の造顕が寛文三年（一六六三）で、円空このとき三十二歳である。彼の没年は元禄八年（一六九五）で六十四歳の時であるから、造仏期間は最高でも三十二年ということになる。三十二年で十二万体。一年間に三七五〇体、一日あたり十体以上の仏像を作り続けて初めて、この数は可能となる。

しかも、先に述べたように、円空の生涯には常に「彷徨《ほうこう》」の二文字が付きまとう。津軽から蝦夷地へ、名古屋から岐阜、奈良から伊勢志摩、大津、群馬、日光と、一所不住の生涯は常に旅の空の下にあったといってよい。旅の手段が歩行のみではないといっても、それでも相当の労苦と日数がかかったはずだ。過ぎ行く日々をすべて造仏に注ぐことは不可能ではなかったか。

技法の面からも考察を試みてみよう。我々が抱く円空仏の荒々しくも素朴なイメージは、延宝年間からその造形を見いだすことができる。では、それ以前はどうか。三十三歳の折り、岐阜県郡上郡の白山神社に造顕した阿弥陀像を見ると、その細やかな鑿のあとの美しさは、類を見ないほどだ。法衣は線刻で単純のように見えるが、それでも丹念に仕上げられていることは一目瞭然。とてもではないが、一日や二日で彫り上げられる種類の仏像ではない。

元禄二年（一六八九）、円空五十八歳の作品に目を向けてみよう。彼が近江で造仏し、現在は滋賀県坂田郡伊吹町の観音堂に収められている十一面観音である。後期円空仏の特徴を非常によく表した仏様だ。その背面に書かれた《四日木切　五日加持六日作　七日開眼》という文面に注目すると、円空の造仏の速度が凡そ推測されよう。これを見る限り、切り出された木に加持祈禱《きとう》を加え、それから造仏を始めて翌日には開眼とある。円空は正味一日余りで、この十一面観音像を完成させているのだ。円空以外の造仏聖であれば、この速度でも「驚異的な」という表現がきっと用いられることだろう。だが、彼に限っては「遅すぎる」といわざるを得ないのである。確かに名古屋市中川区荒子の荒子観音寺に残る千面菩薩のように、素材の木目を巧みに利用し、最低限の彫りのみで仕上げたもの——木っ端仏というそうな——も少なくはない。しかし、彼には一日十体の造仏というノルマがあることを忘れてはならない。

ある人はいう。今上皇帝立像の背面に記された一文「十マ仏作巳」は、あくまでも「非常に大量の仏を造物した」の意であって、具体的な数字を示すものではない、と。しかし生涯を造仏に捧げ、諸国を彷徨した円空に、もう一つの顔があったとしたら。

次号は、円空仏に秘められた秘密に迫ってみたい』

（『芸術潮流』誌　十二月号より抜粋）

鎌倉は鶴岡八幡宮の裏手に店を構える同業者の元に、陶子は金沢で手に入れた香合を持ち込んだ。キャリングケースを開き、実物を見せるだけで交渉は成立。陶子の前には七枚の一万円札と八枚の千円札が並べられた。

「良い買い物をされました」

「お互いに」

しばらくの間、地方の競り市に話題を移して、互いに情報を交換し合った。

どうやら最近は九州あたりによい出物が集中しているらしい。ただし向こうの業者は言動が荒く、市にもよくない筋の連中が出入りすることが多いとか。まあ冬狐堂さんには女の武器があるから、大丈夫でしょうが。おっと、最近じゃ、こんな一言がセクハラとやらになるのでしたっけね。

話を聞きながら陶子は狭い店内を見回し、話のタイミングを窺《うかが》った。

来週は東北の方へ行ってみようかと思っているんですよ。ええ、秋田あたりはどうかな、と。あちらの方は古い豪農もありますからね。うまくゆけば面白い蔵にゆき当たるかもしれません。

「ところで」と、陶子は話題を変えた。さりげなさを装ったつもりだが、同業者も並
の目利きではない。だからこそ、対等に商売ができるのだが。

「その顔つきだ。なにか面白い隠し球を持っているときは、必ずそんな顔つきをするんだから。まったく冬狐堂さんは油断がならないね」

「隠し球といえるかどうか……先頃持ち込んだ円空仏、覚えておられますか」

「忘れるものか、ありゃあなかなか筋の良い物だった。だが円空は難しいから」

「鑑定が必要だと仰有いましたね」

「ああ、さすがに円空仏は鑑定なしでは扱えない。あとが怖いからね」

「で、研究者に依頼をしまして」

「どうだった、やはり正真物だったのかい。お墨付きのレベルにもよるが、冬狐堂さんなら大丈夫だろう。せいぜい良い値段をつけさせてもらいますよ」

良い値段をつけさせてもらう。これはさらに良い値段で捌くことのできる上客が付いているということだ。

「確かに正真物でした。ただし正真物の複製品」

「なんだいそりゃあ。じゃあレプリカだったのか」

「ちょっと見には気づかないところに、制作者の銘が刻んでありました」

「銘……というと偽物じゃないんだね。それならそれで、捌きようがあるかもしれな

い」

言葉とともに電卓が差しだされ、六十万の数字が打ち込まれた。

薄く笑みを浮かべたまま、陶子は無言をキープした。液晶画面がいったんクリアにされ、六十二万の数字。「これ以上はちょっと厳しいよ」という声にも、陶子は表情を崩さなかった。

「悪いが少し考えさせてくれないかね」

「もちろん。ゆっくり考えてください。御金蔵に相談されても結構ですよ」

「そうやって、人の顧客リストを透かし見るようなことをいう」

それには応えず、陶子は店主の背後にあるガラス瓶を指さした。やや大きめのキャンディーボックスは、鮮やかな金赤の下地に白色で縞《しま》模様が描かれている。

「搔き上げ紋ですね」

ガラス地に金赤が使われるのは明治以降である。全体のフォルムに微かに見られる稚拙さは、大量生産品であることを示している。たぶん、駄菓子屋などの店頭に置かれていた品物ではないか。

――明治後期……もしくは大正、か。

「さすがに目が利くね。大正時代、東京の下町のガラス工房で作られたものだよ」

「四万ではいかがですか」

「もうちょっと色を付けてもらわないと」

「四万二千」

店主が「まったくかなわない」とぼやきながら、キャンディーボックスを棚から下ろし、梱包《こんぽう》を始めた。

『（略）円空仏を語る上で、もう一つの魅力は、オリジナリティ溢《あふ》れる造形にあるといえよう。ここで岐阜県郡上郡美並村の林広院に残る薬師如来を見ていただこう。寺伝にも薬師如来とあり、疑う余地がないように見えるが、実はこの円空仏にはひとつの仕掛けが施されている。正面から見た場合と、右に向けて見た場合は明らかに薬師如来なのだが、この像を左向きにすると、そこには、竜らしきものが彫刻されているのがわかる。とすると、これは善女竜王ということになるのである。善女竜王像は円空が得意とした形式のひとつで、このほかにもいくつか残されている。が、このような両面仏を意識した特別な意匠が凝らされたものは、他に類を見ない。

両面仏。実はここにこそ円空の謎を解き明かす秘密があるのでは、とわたしは考える。

もう一点、両面仏を見ていただこう。これは三重県三重郡菰野《こもの》町は明福寺《みょうふくじ》に残る両面仏である。一木の表裏に阿弥陀如来と薬師如来をそれぞれ彫り込んだもので、形式も異形ならそのお姿も異形。こういってはなんだが、仏の持つありがたさよりも、むしろ不気味さが強調されているようには見えないだろうか。そもそも阿弥陀如来と薬師如来では、本願——仏・菩薩がそれぞれに立てた衆生救済の誓い——がまったく異なっている。本願が違うということは御利益《ごりやく》もまた違うのが道理で、いわばコンビニエンスストアのような手軽な仏像といっては、言い過ぎであろうか。

一木を複数に縦割りし、それぞれに仏像を彫り込むという技法もまた、円空は好んで用いている。三重県志摩郡磯部町五知《ごち》の薬師堂に残る日光・月光菩薩像は、二体を向かい合わせにすると、それが元は一本の丸太であったことが一目瞭然であるし、岐阜県武儀《むぎ》郡洞戸《ほらど》村の高賀《こうか》神社に残される善女竜王、十一面観音、善財童子の三像は、三体がぴったりと合体することにより、一本の丸太になるように彫られている。

こうした円空の意匠を「破天荒」「超絶技巧に裏打ちされたユーモア」「奔放なオリジナリティ」と評する向きもある。だが、果たしてその評価は正しいだろうか。円空という造仏聖の一生に、果たしてユーモアや奔放なオリジナリティといったものは、必要であったのか。

そもそも仏教という宗教は広大無辺ともいうべき許容性を備えている。「悟り」を真理追究の最終的目的、修行の到達点とするかぎりにおいて、仏教はその手段を無限に認めている。親鸞上人の「善人なおもて往生をとぐ、いわんや悪人をや」で知られる教義もまた、あるいはその表れであるやもしれない。悟りとは山頂のことであり、そこに至る道は無数にある。極論すれば、他の宗教を信じ、そして極めることによってさえも「それこそは実は仏教の悟りだ」と言い切ってしまう、許容性、詭弁性《きべんせい》を仏教は持っている。

この法則を円空に置き換えてみよう。円空はなにをもって悟りに至る手段としたか。いうまでもない、造仏である。仏像を彫って彫って彫り抜き、その鑿跡のひとつひとつが彼の祈りであり、修行であったはずだ。そこにユーモアやオリジナリティなどといった、しなやかな感性が入り込む余地はあっただろうか。世に十二万体の仏像を残すことを発心し、そして実行に移した円空。あの一見ざっくばらんに見える造形は、彼の悲痛な叫びそのものだ。

では、どうして円空はこのような意匠を凝らすことに心血を注いだのか。

再び両面仏という言葉を引用させていただく。

もしかしたら、円空は我々になにかを言い残したかったのではないか。文章その他の記録に残すことのできない、重要な秘密。けれど残さずにはいられない事柄。

右向きと左向きでは違う仏像になる薬師如来像（善女竜王像）は、己の中に潜《ひそ》む二面性を。三像を組み合わせると一本の丸太になる善女竜王、十一面観音、善財童子は、三人以上の複数の人間が、一人の人間を構成していることを。

おわかりだろうか。円空が実は一人の人間ではなく、複数の人間によって構成される工房のようなものであったとしたら、生涯十二万体造仏の伝説も可能といえるのではないだろうか。あるいは、《円空》とは個人の名前を指すのではなく、円空仏の様式をもって造仏修行に励むすべての修行僧の総称であったかもしれない。

そのことを指し示す一例を挙げておこう。

岐阜県大野郡丹生川《にゅうかわ》村の千光寺に残る円空の代表作のひとつ、両面宿儺《りょうめんすくな》像である。

両面宿儺は、日本書紀に登場する化け物で、記述によれば飛騨に住み、ひとつの身体に二つの顔と四本ずつの手足を持っていたという。二本の手にはそれぞれ剣を持ち、残る手で弓を引いて、朝廷の軍に立ち向かった、とある。今では朝廷にまつろわぬ土着勢力を指したものだといわれている。

円空はこの両面宿儺像を彫るにあたって、驚くべきオリジナリティを発揮している。本来宿儺が持つべき剣と弓のかわりに、円空は彼に手斧を持たせたのである。

手斧を持つ両面宿儺。これこそは円空の姿に他ならないのではないか。

我が身はひとつにあらず。円空もまた一人にあらず。手斧を持つ両面宿儺像は、そのことを記した、メッセージではないか。

円空は一人ではない。ということは誰もが円空になることができるのだと、考えた一人の男がいた。今から三十年も前のことだ。自ら放浪を続け、やがて円空の域に到達した男は、北条鬼炎と名乗った』

（『芸術潮流』誌　一月号より抜粋）

いつだったか、こちら様に持ち込んだ円空仏を覚えておいでですか。そうそう御店主は正真物に違いないと、太鼓判を押されたのでしたね。あれをさる研究者に鑑定を依頼したところ、残念ですが、複製品でした。ええ、作者の銘が入っていたのですよ。とはいえ、あれほどの作品です。レプリカといえども相当な値がつくとわたしは踏んでいます。どうですか、こちら様で捌いてはいただけないでしょうか。

鬼炎円空を持ち込んだ十三人の同業者のうち、最後の店主の元を訪れて口上を述べると、返事の代わりに、「これを知っているかね」と、雑誌が寄越された。

「『芸術潮流』ですか……誌名は知っていますが、読んだことはありませんね」

「面白い記事が載っている。それをちょうど読み終えたところに、よりによってあんたがやってくるとはなあ」

「面白い記事とは？」

「円空複数説だよ。おまけに三十年ほど前に同じ説を立て、自ら円空になろうとした男のことまで書かれている。まさか、この間冬狐堂さんが持ち込んだ円空は、この記事に書かれている鬼炎円空ではあるまいね。だとしたら面白い。是非にでもあれを当方に預けてもらおうじゃないか」

わたしはそちらの方面には詳しくありません。ですからこのたびは複数の業者さんに声をかけさせていただきました。ではその件については、後日皆さんと連絡を取り合って。そういって店を辞そうとしたところへ、

「ところで冬狐堂さん。大槻という男は知っているかね」

「厚木の方に、そんな名前の銘木屋がいたような気がしますが」

「ふむ、二カ月ばかり前のことだが、飛騨の高山で殺されたそうな」

「それは……また、なんといって良いものやら」

「仏教系の骨董屋の間で、密かに噂になっているんだよ。実はこの記事、大槻寛二が書いたものではないかって」

「でも、大槻という人は二カ月前に亡くなったのでしょう」

「いくらでも方法はあるさ。原稿を誰かに託しておいて、もしも俺の身になにか起きたら、これを出版社に持ち込んでくれとかなんとか、言い残しておけばいい」

おまけに、大槻寛二と北条鬼炎とは、なにか密接な繋がりがあるという、まことしやかな噂まで流れている。だとすれば、大槻の死と鬼炎円空もまた、どこかで繋がっていやしないか。

「そんな噂が流れたのでは、仮にあの円空仏が鬼炎円空でも、まともな値では売れそ

うにありませんね」

「あんたもプロだろう、そんな素人じみたことをいっちゃあいけない。鬼炎円空は、人一人の命が失われるほどの名品だという、なによりの証明じゃないか。喉《のど》から手が出るほど鬼炎円空を欲しがる輩は、山ほどいるよ」

店を出ると、陶子はそのまま自宅に向かった。

すでに十二月。風は十分に冷たく、街は師走特有の喧噪に包まれている。

高山から帰ってきてからというもの、練馬署の二人の刑事からはなんの連絡もない。傷害罪程度の事件ならばいざ知らず、殺人事件が絡んだとなると、民間人である陶子を、容易に巻き込むことができなくなったのかもしれない。心遣いといえば聞こえはいいが、都合の良いときだけ人を利用しようという、犬猿コンビの計算高さの表れともいえる。

バスルームを出て、ホットラムの入ったマグカップをときおり舐めながら、陶子は円空仏の写真集に見入っていた。

「もうすぐ始まりますよ」

写真の円空仏の中に、陶子は大梘の姿を見ていた。

七

冬狐堂にとって、年末年始は休息の時期でもある。市の数こそ多いが、そのどれもがご祝儀相場に塗り固められ、儲けが薄い上に、昨今の骨董ブームのおかげでこの時期は、半素人がめったやたらに場を荒らしたがる。そうした市に出物などあろうはずがない。わずかでも良心のある業者なら、この時期に行われる市にはそこそこに値の付く、ということは自分の評判を落とすことなく、しかも半素人に荒らされてもよい程度の品物しか出品しないということだ。

陶子は京都にいた。二十一日に開かれる東寺の《終い弘法》、二十五日に北野天満宮で開かれる《終い天神》の市を覗《のぞ》くためだ。無論、冬狐堂としてではないし、ここでなにかを仕入れる気もない。しんと冷えた冬の京都の空気と、年末の市特有の慌ただしさ、雑駁《ざっぱく》さ。そうしたものが綯い交ぜになった雰囲気が好きで、ここ数年、年末は京都で過ごすことに決めている。

東寺の境内に所狭しと並んだ出店を、ぶらりぶらりと覗き見しながら歩くうちに、古着屋の店先で、掻巻《かいまき》の比較的良いものが目についた。久留米織りの古布をかけはぎでつなぎ合わせ、仕立てたものらしい。綿の具合はあまり良くないが、専門の業者がなんとかしてくれるだろう。荷物になるようであれば、ホテルから宅配便を使って自宅に送ればよい。「それ、ええもんだっせ」と勧める初老の女性店主に、玄人の口振りにならぬよう気をつけて「おいくらですか」と訊ねてみた。

八千五百円。いただきます。

財布を取り出そうとしたとき、携帯電話の着信音が鳴った。液晶の画面に「根岸」と表示されたのは、あらかじめ電話機にナンバーを登録しておいたからだ。二度、三度と鳴る呼び出し音に迷い、結局、通話ボタンを押してすぐに終了ボタンを押した。ついでに電源スイッチそのものを切ってしまう。「あれま、根性悪なことをしはる」と笑う女性店主に、同種の笑みを返しながら一万円札を差しだした。

別の店では伊万里の珈琲カップの良いものを二千円で手に入れることができた。いずれも商売品ではない。播巻は、これからの季節に部屋着として重宝しそうだし、伊万里の珈琲カップもまた然《しか》り。旗師の目を捨て、出店を見て歩く楽しさはまた格別である。一年かかってたまった体内の毒、澱《おり》が徐々に浄化されるのがわかる。

次の日は寺町のあたりをぶらつき、さらに翌日からの二日間は河原町、祇園《ぎおん》周辺へと足を伸ばした。携帯電話は電源を切ったままだ。

終い天神を見た後、夕方の新幹線で東京に戻ると、留守番電話のメモリーいっぱいにメッセージが入っていた。全部で七通。

『練馬署の根岸です。お電話をいただけますか』

『根岸です。携帯電話にもおかけしたのですが、なぜか切れてしまいました。それ以降繋がる気配がありません。至急連絡を取りたいのですが、よろしくお願いします』

『実は、大槻が殺害された一件で、新たな動きがありました。それについてどうしてもご相談したいことがあるのです。わたしどもでは要領を得ることができず、難渋しています。これはもう宇佐見さんにお願いするしかないのです。どうかよろしく』

『練馬署の四阿です。根岸さんからお聞きでしょうが、大変困っています。円藤茂樹が京都に現れたという情報が入りました。しかも円空仏らしい品物を専門業者に持ち込んだというのです。これはいったいどういうことでしょうか。どうかご連絡をお願いします』

　この後、根岸が一通。四阿が二通。いずれも少しずつ長くなってゆくメッセージを、一通り聞いてから、陶子はすべてを消去した。

　そのタイミングを計るかのように、ドアチャイムが鳴った。どちら様ですかとインターフォンで問うよりも早く「根岸です。宇佐見さん、根岸です」と、地の声が外から聞こえてきた。急いでドアを開けると、

「ああ良かった。やっと捕まってくれた」

　捕まってくれたという言い回しが奇妙におかしく、「どうしたんですか、こんな時

間に」と問うと、根岸は唇をへの字に曲げた。少し腹を立てているらしい。

「宇佐見さんこそどちらにお出かけで。何日も連絡が取れないものだから」

「ちょっと仕事で関西方面へ」

プライベートで出かけました。だから携帯電話も電源を切っていたのです。とはいえずに、陶子はとっさに嘘を吐《つ》いた。

――それに……今はあなたと話をしたくはないのです。

唇を引き締め、特別な感情を表に出さないよう努めた。

京都では毎月二十一日に東寺で、二十五日には北野天満宮でそれぞれ骨董市が開かれます。中でも十二月の市は終い弘法、終い天神と呼ばれ、それは盛大に開かれるのです。

ごく簡単に説明すると、「京都では」という部分で、根岸が大きく反応した。

「京都に行かれたのですか」

「ええ、偶然ですね」

「本当に偶然ですか」

根岸の疑念を断ち切るように、笑顔でゆっくりと頷いて見せた。

「わたしどもも、心配していたのですよ」

紅茶を勧めると、ようやく人心地がついたらしい。根岸の声にゆとりが戻ったような気がした。

「大槻があんなことになったばかりでしょう。もしかしたらあなたの身にもなにか起きたのではないかと思って」

「それはどうも、ご心配をおかけしました」

「ところで……留守番電話に入れておいたのですが」

「ああ、円藤が円空仏らしきものを携えて、京都に現れたとか」

円藤が現れたのは、寺町の古美術商らしい。これは古くからうちに伝わるものだが、引き取ってもらえないだろうか。そう持ちかけたが、やはり京都の業者も物《ブツ》が円空仏では二の足を踏んだという。

「そうですか」

とさりげなくいった一言を、さすがに根岸は見逃さなかった。その唇がぴたりと止まり、表情を見る間に固く変えて、陶子を凝視する。

「あまり興味がないようですね」

「興味がないわけじゃありません。ただ、話があまりに遠すぎて」

「遠い？　旗師のあなたが遠いと仰有るのですか」

いつか、同じ光景がなかっただろうか。ああそうだ、大槻から聞いた昔話を根岸に伝えたときのことだ、まったく逆の立場で、同じ台詞をわたしが口にしたのだった。

陶子は、さらに平静を装った。

「なにかあったのですか、宇佐見さん」

「なにかって……別になにも」

「目が……人をだまくらかす狐の目になっていますよ」

「ご冗談を」

「いや、本当です」

あなたは、円藤が京都に現れたことを聞いても、少しも反応しない。しかも奴は鬼炎円空を持っているのですよ。なによりも、どうして我々がそんな情報を知り得たのか。いつものあなたなら、そこに疑問を抱かないはずがない。抱かないふりをしているのは、この一件に触れられたくないからではないですか。それはどうしてですか。

立て続けに投げかけられる根岸の質問に、陶子は、

「我々旗師は、自転車操業なんです」

と、いった。

生きてゆくためには動かねばなりません。働かねばなりません。あなた方は事件を追うことが仕事でしょう。わたしの仕事は商品を買い集め、他の業者にそれを高く売りつけることです。少しでも歩みを止めたら、そこで商売が止まってしまうということです。確かに鬼炎円空については興味があります。けれど、それ以上にわたしは働

かなくてはならない。一円のお金にもならないものに、いつまでも関わってはいられません。根岸さんが京都の情報に詳しいのは、三課に手配をしたからでしょう。盗難品のリストは瞬く間に全国に手配されます。盗難品ではないが、要注意品に鬼炎円空を入れておいたのでしょう。それだけで業者は円空に注意を払うはずですから。

淡々とした、しかし言葉をさしはさむのを許さない口調でいうと、根岸は黙り込んだ。

ややあって、

「改めてお聞きします。円藤が京都に現れたことについては、どう思われますか」

「それはたぶん」といいかけて止め、改めて言葉を選んだ。

「たぶん？」

「京都という土地柄でしょう。北条鬼炎が彫った鬼炎円空を持ち込むにしても、関東よりも京都の方が有利だと考えたからではないでしょうか」

「どうして、そういえるのです」

「ですから土地柄です。京都はなんといっても寺社の町です。古物商、骨董業者も仏教関係の品物を取り扱う数が、圧倒的に多いのです」

生涯に十二万体を造仏したとされる円空。しかし現在発見されている円空仏は約四千八百体。新たな円空仏が発見される可能性はまだまだある。ことに関西方面は。

「しかも、京都ならば三十年前の事件を知る者が、少ないから」

「もちろん、それもあるでしょう。いや、もしかしたらそれが一番の原因かもしれません」

そういうと、根岸にまた新たな表情が浮かび上がった。そして「不思議だ」と一言。

「不思議？」

「ええ、まるで先日とは別人と話をしているようで、戸惑っているのです」

「わたしは、わたしですよ」

フェイクでもレプリカでもありません。

――そう、わたしはわたし。

「まさしく冬の狐ですね。凍てつくような寒気の中にあっても、決して獲物を見逃すまいと、じっと身構える」

「そんなに殺気立っていますか」

「逆です。殺気なんぞ漂わしたら、獲物はすぐに逃げてしまいます。殺気を押し殺し、あなたはじっと待っておられる」

「根岸さん、買いかぶりすぎですよ」

「ならば、いいのだが。もし、なにかを企んでおいでなら、どうかわたしに話してください。といって、話してくれるような人ではないか」

いいですか、人が一人死んでいるのですよ、と念を押して、根岸は帰っていった。

翌日。『芸術潮流』を発行している編集部から、電話がかかってきた。

例の円空複数説。ものすごい反響ですよ。ええ、編集部にも問い合わせが殺到しています。本当にあの続きはないのですか。できればさらなる特集を組んでみたいなあ。できれば五回くらい短期連載を続けて、単行本にするというのはいかがでしょう。ああ、そうでした。宇佐見さんはライター本人の代理ですものね。どうでしょうか、彼を紹介していただけませんか。実はね、奇妙な噂が流れているんですよ。あれを書いた本人は、もうこの世にいないって。おかしな話ですねえ。噂をうち消す意味でも、もう一度誌面に登場していただけるよう、説得してくださいよ。匿名なんかじゃなく、ずばっと署名記事で、円空の続きを書いてくれって。

「ありがとうございます。けれど本人もあれ以上の材料を持っていないといっています」

「そうですか。残念ですね」

「無理をいってすみません」

「では、うちが独自の取材で続きを書くというのは、いかがですか」

「それは構わないと思いますよ。本人は、あれが誌面に載っただけで満足しているようですから」

いか」

「惜しいなあ、実に惜しい。けれど、本人が書きたくないというのであれば仕方がないか」

受話器を置いて、陶子は考え込んだ。

噂になってくれるのは、ありがたい。

「だが、あまり話が大きくなるのも考えものだな」

そのさじ加減を調整しなければと、さらに陶子は考え込んだ。

例の記事を書いたのは、陶子である。正確にいえば、文章そのものは別の人間に依頼した。以前、ある事件に巻き込まれた折りに知遇を得た、大学の研究者に無理をいって書いてもらったのである。材料は陶子が提供した。「円空とは、悟りの境地のようなものだ」という、大槻の言葉。いや、かつて北条鬼炎が大槻に語った言葉をヒントに、作り上げた仮説である。陶子なりに事件を収束させるためにひいた絵図に過ぎなかったが、材料を集めているうちに不思議な気持ちが芽生えてきた。

たぶん、北条鬼炎が円空複数説を持っていたであろうことは間違いない。誰もが円空になれると信じたればこそ、彼もまた円空になろうとしたのである。

あくまでも珍説、奇説の域を出ない与太話《よたばなし》でしかない。そのつもりが、両面宿儺の条《くだ》りを調べるうちに、少しずつ陶子の中に「これは真実ではないか」という気持ちがきざしてきた。文章を担当した研究者までもが、「実に興味深い説だ」と、漏らしたほどだ。

——円空の真実。

そこには深い闇が横たわっている気がしてならなかった。


年が明けて間もなく、友人の横尾硝子から連絡が入った。

横浜で中華でもやっつけないか。そのあとは黄金町あたりのバーで一杯。

断る理由もなく、桜木町で待ち合わせることにした。

「なんだか、陶子と飲むのも久しぶりだねえ」

「お互い、忙しいがなによりでしょう」

「ところで、最近はトラブルに巻き込まれていない？」

「硝子さんは、どうしてもわたしをトラブルメーカーに仕立て上げたいみたい」

「おや、冬狐堂さんは、それを否定できるのかな」

円形テーブルに運び込まれる料理を、二人して気持ちよく平らげ、ビールの次は紹興酒に切り替えて、中華の粋を堪能《たんのう》した。最後に魚介のうま味がたっぷりと濃縮された粥《かゆ》で締めくくり、会話の場所をバーに移す。

「円空？」

「うん、ちょっと関わりがあって」

「円空さんって、仏像づくりのあの円空」

「なかなか面白いみたい。ちょっとはまりそう、ってところかな」

「いや、違うね。その顔はすでにはまりきっているな」

「……………」

円空仏というのは、カメラマンにとってはなかなかの難物でね。なかなか表情が出なくて困るんだ。どうしてかなあ、光をフラットに当てると、なんだかぬうっと惚《ぼ》けたような顔つきになって面白みがない。それが魅力だろうって？　いや違うんだなあ。どういったらいいんだろう。ピントが合わないっていうか。もしかしたら光との相性が悪いのかもしれない。

オールドファッションドグラスのモルトウィスキーを舐めながら、硝子がしきりと首を傾《かし》げる。話によれば、三年ほど前に、奈良で撮影を依頼されたという。

「それがうまくいかなくてね、以来、円空はあたしにとって鬼門となった」

「硝子さんらしくもない」

「だって、依頼が来ないんだもの。仕方がない」

「厳しい業界なんだ」

「だから婚期が遅れる。男が逃げる」

もっとも、あんたの生きてる業界ほど性悪じゃないけれど、と笑ってグラスの中身を飲み干し、硝子は別のカクテルを注文した。

「ねえ、さっきの話だけど。円空仏は光との相性が悪いとか、なんとか」

「ああ、あれね。ファインダーを覗くとよくわかるんだ。もちろん三十五ミリ用のカメラじゃなくて、ブローニー版用カメラで、だけど。なんだか正面から光を当てるとね、ニヤッと笑っているようで、気持ちが悪いほどだ」

「それ、円空笑みといって最大の魅力とされているんだけどなあ」

「そうじゃない。あの笑みが魅力なのはわかるんだ。でもね、光が」

といった硝子が、急に黙り込んだ。

「どうしたの」

「うん、ちょっと気がついたことがあって。もしかしたら円空仏って光と相性が悪いんじゃなくて」

こうね、と硝子が顔の横で両の掌をひらひらと動かした。盆踊りの所作に似ていなくもないが、どうやら掌は撮影に使う反射板を意味しているらしい。

「なにかわかった?」

「確証はないけれど、たぶん、円空仏は相性のいい光が極めて限定されているんじゃないかな」

そういわれても、陶子には理解できなかった。

だから、ある一定方向から当たる光に対してだけ、円空仏は絵になる構図を生み出すんじゃないかな。もちろん、肉眼と写真は違う映像を生むという前提の下に成り立つ説だけれど。厭だな、あたしッたら、どうしてこんな話になったんだろう。そうだ陶子がいけない。円空仏に興味があるなんて話をするからだよ。それでなくともあたし達の年代は、話題に潤いがないっていわれるんだから。せめて仕事に関係する話だけはやめよう。

うんと頷いたものの、

——円空仏は、相性の良い光が限定されている。

この言葉がいつまでも耳について離れなかった。

自宅マンションに戻ると、郵便受けに葉書の束が入っていた。正月も七日をすぎたというのに、未だ年賀の葉書が大量に届く。商売柄仕方がないとはいえ、これらをチェックするのにも、少々厭きてきた。

中の一枚に目を留めた。鎌倉の同業者からの葉書である。

『そろそろお手持ちの鬼炎円空について、商談に移りませんか』

短い文章が、陶子を一気に緊張させた。鬼炎円空の売却を彼の元に持ちかけたときには、その名称は会話の中に出なかったはずだ。

「そうか、噂は相当に広まったらしい」

洗面台の鏡に映った自分に向かって、陶子は呟いた。

「でも、まだ時は熟していない。いや、それを告げるのはわたしの役目ではない」

根岸の言葉ではないが、陶子はただひたすらに待っている。

誰かが必ず動き出す。具体的に、誰がどのように動くかは、想像すらできない。だが、誰かが陶子の仕掛けに引っかかることだけは間違いない。

「でも、円藤の動きが少し気になるな」

彼が京都に現れたことよりも、以後、なんの動きもないことが気になるのである。

その解答を示してくれたのは、練馬署の四阿だった。

「宇佐見さんですか。円藤茂樹が自宅で殺害されました。いつの間にか戻っていたんですね。我々も注意していたのですが、気づきませんでした」

電話の向こうの声が、別の世界の出来事を告げでもしているかのように、陶子には聞こえた。

八

美神・ミューズは思いがけなく残酷な試練を、しばしばその信奉者に課す。そのことを決して忘れてはいけないよ、陶子。君がしばしば危険な領域に足を踏み入れるのは、ミューズに愛されていると同時に、憎まれてもいるからなのだ。

かつての師であり、夫でもあった男性の言葉を、陶子はグラスに満たされた琥珀色《こはくいろ》の液体の中に思い出していた。

三十年の時を経て再び世に姿を見せた《鬼炎円空》は、すでに二人の人間の生命に終止符を打ち、そして謎は事件によってますます深い闇に包まれつつある。

「いや、《二つの死》などとひとくくりにしてはいけないのだな」

陶子はグラスの中身を口に含んでひとりごちた。

飛騨高山で遺体となって発見された大槻寛二と、練馬の自宅で殺害された円藤茂樹。ともに《鬼炎円空》という名の魔性に魅入られ、そして命を落とした二人だが、その死には大きな違いがある気がしてならなかった。この世に再び鬼炎円空が出ることを防ごうとした大槻の死。あくまでも推測の域を出ないが、鬼炎円空の復活に一枚嚙んでいたと思われる円藤の死。

「それにしても、人が簡単に死にすぎやしないか」

古美術・骨董の世界は美意識と金銭欲とが不思議な調和を保つ世界で、そこに錯綜する思惑は複雑という表現では物足りないほどだ。人の生命でさえも、時にはひどく簡単に取り引きされる世界でもある。それを十分に考慮した上で、陶子は今ひとつ納得できない、あるいは割り切れないものを感じていた。

ドアチャイムが鳴るのと、現在の時刻を確認するのがほぼ同時だった。ドアフォンのスイッチを入れる前に、「根岸です」「四阿《あずまや》です」という声が、表から聞こえてきた。練馬署の犬猿コンビである。

「相変わらず、時間に正確ですね」

「それだけがわたしたちの取り柄でして」と頭を下げる二人の警察官を、挨拶もそこそこに室内に招いた。ずっと以前の事件から数えて、この二人を部屋に上げるのは何度目だろうかと、ふと回数を数えようとして、陶子はやめた。その回数だけで「やっぱり、あんたはトラブルメーカーだよ」という、横尾硝子の声がどこからか聞こえてきそうだった。

「それにしても……とんでもないことになりましたね」

いやあ、これは我々の完璧な失態です。まさか円藤までも殺害されるとは。でもね、冬狐堂さん。愚痴るわけではないが、この世界はあまりに異常すぎやしませんか。人の命が簡単に失われすぎる。だいたいその……キエンエンクウでしたっけ。しょせんは仏像の贋作なのでしょう。そりゃあたいした価値があるのかもしれないが、人が二人も死ぬというのは、いったいどういう価値観で動いているんですか。贋作者相手に古材を売りつける銘木屋に、三十年前の贋作事件に絡んでいたと思われる元デパート社員。いずれにしたってろくな連中ではありませんが、だが、そこいらの蠅《はえ》や蚊をたたきつぶすみたいに殺していいという道理はないはずだ。

紅茶を用意する間、根岸が一気に畳みかけた。この男にしては珍しく、感情を高ぶらせている。

「わたしも同じことを考えていました」

「宇佐見さんも？」

「ええ。二人の死があまりに唐突すぎて、どうしても明快な筋道をつけることができないでいたのですよ」

なぜ、大槻寛二は死なねばならなかったのか。なぜ彼と敵対関係にあったはずの円藤茂樹まで死なねばならなかったのか。

「あなた方の世界では、ごく一般的な出来事ではないのですか」という四阿の言葉が、痛切な皮肉となって陶子の胸に突き刺さる。

「人の生き死にを日常的に持ち込むほど、危険な世界ではありません」

ただし、結果論として人が死ぬことはありますが、と言いかけて、その言葉に含まれたもう一つの意味に気がつき、唇を凍らせた。

「どうしたんですか」

「わたしどもにもわかるようにご説明願えませんか」

大槻寛二のかつての兄弟子が、北条鬼炎であることはご説明しましたね。大槻は鬼炎の作が再び世に登場することを少しも望んではいなかった。きっと三十年前の新宝デパート事件の経緯を知っていたからでしょう。彼自身素材を提供することで、事件に関わりを持っていたのですから。同時に、昭和の円空にならんとし、そして美術の世界に巣くう魑魅魍魎たちに翻弄されたあげくに、自らを封印しなければならなかった鬼炎の無念も、彼は知り尽くしていた。兄弟子の名を、これ以上汚すものは決して許さない。それは正義などといった、柔《やわ》な感情ではなかったはずです。だからこそ、彼は円藤茂樹を許せなかったのです。たとえ荒事を用いてでも、大槻は円藤のたくらみを阻止したかった。逆にいえば、円藤らにとっては、大槻は危険きわまりない存在でした。そうした思惑の結果論として、大槻の死があります。けれど、円藤はどうでしょうか。彼はどのような経緯の結果として、死を受け入れねばならなかったのでしょうか。

胸の内にわき上がった興奮を根岸に悟られぬよう、慎重に言葉を選んで陶子がいうと、

「つまりは、円藤の事件の背後に潜む思惑、つまり動機ですが、それを探ることで事件は解明できると？」

「飛躍しすぎでしょうか」

「よく、わからん世界ですな、まったく」

「それともう一つ。大槻が円藤に辿り着くまでの足取りが気になります」

元々は陶子が瀧川康之助のコレクションを買い取ったことに、事件は端を発している。そこにあった鬼炎円空を大槻に持ち込んだことで、彼は再び忌まわしい過去を甦らせようとする輩の存在に気がついたはずだ。だがどうやって大槻は、円藤を見つけることができたのか。情報を集めるのはお手のものだといっていたが、それほど簡単な作業だとは思えなかった。

「そこです」と根岸がいった。

「根岸さんも調べてはみたのですね」

「ところが……あなた方の世界の閉鎖性といいますか、隠蔽体質がねえ」

「理解します、というと顰蹙《ひんしゅく》を買いそうですね」

「なんとかなりませんか、おっと、これはあくまでもわたしの独り言でありまして、正式な依頼などではあり得ないのですが」

「だめですよ、根岸さん」と、四阿がたしなめるが、それはあくまでも言葉だけのことらしい。二人の警察官のまったく同質の視線を、陶子は感じた。

捜査となると、それだけで固い殻に閉じ込もってしまうのがこの世界の住人に共通の性質のようだ。たとえ殺人事件の捜査だと脅し、すかしても我々には殻をうち破るすべがない。こうなったら頼りになるのはあなただけだ。なんとか探りを入れてはもらえないだろうか。ただし、荒事には決して巻き込まれないように。そこまで責任をとることは、できませんから。

ずいぶんと都合のよい申し出ですこと、という代わりに陶子は「わかりました、なんとか探ってみましょう」と答えた。

「大丈夫ですか」

「だいたいの見当はつきますから」

「本当に！」と、犬猿コンビの声が重なった。けれど、くれぐれも危険な真似だけは、という根岸の言葉に応える代わりに、陶子はストッカーから例の鬼炎円空を取り出して、テーブルに置いた。

「わたしにはこれがあります。事件の発端であり、中心でもある、この鬼炎円空が」

「どうするおつもりですか」

「旗師としてのわたしは、これを売り捌かねばなりません。由緒来歴を調べるのは商売人として当然の義務です」

「なるほど。誰にはばかるでもなく、あなたならこの円空仏の背後にあるものを調べることができる、と」

「その結果というか、おまけというか、これを制作した人物についてわかることがあるかもしれません。お二人にはそれをお知らせしましょう」

その代わりにといいかけると、根岸が手でそれを制した。

わかっていますよ。円藤の周辺と殺害されるまでの足取りは、こちらできっちりと

押さえておきましょう。そうしたことは任せておいてください。一応プロですから。

なあ四阿、冬狐堂さんとこうして仕事を組めるなんて、わくわくするじゃないか。俺

に、自分は反対です？　だって仕方がないだろう。古美術の世界のこととなると、俺

もおまえもまったくの門外漢なんだ。

先ほどとはうってかわって、根岸の陽気な口調の中に、陶子はうっすらと嘘の匂い

をかぎ取っていた。喜々として民間人に捜査を依頼するほど、無能な警察官ではない。

そこには複雑な思惑が隠されていることだろう。

——あるいは……。

捜査協力を依頼することで、陶子の身柄を監視下に置こうとしているのかもしれな

かった。すでに二人の生命が失われているのは紛れもない事実であるし、鬼炎円空が

陶子の元にある以上、トラブルは様々に形を変え、襲いかかることだろう。この身を

案じて、あえて警察の側に身柄を確保しようとしているのかもしれない。

「ところで、冬狐堂さん」と、根岸がまた口調を変えていった。

「なんでしょう」

「これからは隠し事はなしですよ」

「……」

根岸の目の奥に一瞬、凝《しこ》った光を見た気がした。

隠し事はなし。隠し球もなし。隠密行動などもってのほか。これからは互いの手の内をすべて見せ合っていきましょう。

その表情から読みとれるのは、正義では決してない。職務を忠実に執行するためにはいっさいの妥協を良しとしない、職人の執念だった。

二人の警察官が帰った後、陶子は、デスクから二冊の雑誌を取りだした。円空複数説を掲載した、『芸術潮流』誌である。

「結果論……か。もしかしたら、円藤を死に追いやったのは、この雑誌かもしれない」

根岸には明かさなかった手の内の切り札を一枚、陶子は口にした。

円空複数説を公にしたのは、贋作者サイドに何らかの動きが生じるかもしれないと、期待してのことだった。北条鬼炎がたどったであろう技術と思想の変遷を、正確に再現してみせることで、彼らの間に焦りが生まれるのではないか。

おまえたちがどれほど優れた技術を駆使して円空を再現しようとも、ネタはすでに割れている。

本来、優れた贋作師とは決して表に出ることがない。贋作が贋作のレッテルを貼られること自体、作者の力量の不足を示す何よりの証拠なのである。もしもこの世に神の領域にまで達した贋作師がいて、その奇跡の手が作り上げる作品があるとしたら、それは真作以外の何物でもない。

だからこそ、贋作師にとって、あらかじめネタが割れることは、すなわち計画の失敗を意味することになる。

「だが、円空複数説は、まったく別の効果を生み出してしまった」

それが、円藤のとった行動ではないのか。

「だけれど」と、口にすることで、陶子は思考をまとめようとした。だが、様々なパーツはしっかりと自己主張をするわりに、ひどくまとまりに欠けている。

疑問の一つに、果たして北条鬼炎が生きているか否か、がある。大槻は鬼炎の死を確信していたようだ。三十年前の事件で、自らを封印した鬼炎が、たとえ生きているとしても、復活することなどあり得ない。だから新たな贋作師は、別人でなければならない。

「どうして、そう思ったのだろう」

だってそうじゃない。当時、鬼炎本人は贋作を作る気など微塵《みじん》もなかったかもしれない。ひたすらに己の情念の赴くまま、自らの中に甦った円空の技を駆使しただけであったとしても、三十年もたてば人は変わってしまうもの。生活の困窮から、かつて封印したはずの技を、今度は恣意的贋作に用いたとしても不思議じゃない。ねえ、大槻さん。あなただって贋作という裏社会に関わる一人じゃないの。どうしてあんなにも、別人説にこだわったのかしら。

テーブルに置かれた鬼炎円空を大槻に見立て、陶子は一人、語り続けた。

「これがごく最近制作されたものであることは確かなんだ」

陶子は実験から、この像が酸性物質とアルカリ性物質によって、時代付けが施されていることを知っている。

——だけど、大槻だって……！

初めて鬼炎円空を持ち込んだときの反応から、大槻があの像の素材を提供したことを陶子は直感した。素材屋は驚くほどの記憶力でもって、商品の木目を記憶している。だからこそ大槻は、あの像がごく最近制作されたことを知ることができたはずではないか。その推測に誤りがあるとは、今も思えない。

どこかに大きな矛盾が隠されていることを、陶子は感じていた。

大槻さん。あなたはなぜ贋作者を暴こうとしたの。そんなことなどする必要がないのに。あなたこそは、そちらサイドの人間じゃないの。

「そうか！　わたしは……あまりに愚かな過ちを犯していた」

思わず鬼炎円空を握りしめていた。

指で法衣の襞《ひだ》をなぞる。《鬼炎》と隠し彫りされた文字を、ゆっくりとたどった。

「北条鬼炎は死んでいると、あなたは思いこみたかった」

陶子にそのことを告げた、深夜の電話のことが不意に思い出された。

あの、ただ純粋に円空になりたくて仏像を彫り続けた北条鬼炎が、自らと同じ贋作師になり果てたとは思いたくはなかったのですね。けれどそこには大きな矛盾がある。だってそうでしょう。新たな贋作者が北条鬼炎の技法を真似、新たな円空仏を模倣したところで、そこに《鬼炎》の文字を隠し彫りする必要などどこにもない。わざわざ贋作師が「これは贋作だよ」と記すことなど、あり得ないのだから。あなたはただ確かめたかった。この三十年で、鬼炎が変わり果ててしまったのか。それとも新たな贋作師が、まったく思いもよらぬ動機で、鬼炎を模倣したのか。そのことだけを確かめたくて、あなたは円藤に近づいたのですね。

だからこそ執拗《しつよう》に「北条鬼炎は死んだ」と言い続けたのではないか。

では、現実の問題として、果たして北条鬼炎は生きているのか。

「結局は、堂々巡りか」

なんら有効な手がかりを得られぬまま、陶子はひたすらに考え続けた。

瀧川弘枝の元を訪ねたのは、翌日のことだった。

事前に電話を入れると、恐ろしいほど白々とした口調で「まだ、何か」と問い返された。

実はこの間のコレクションのことで、少々問題が生じました。いえ、だからといって、今更買い取った物を返品するとは申しません。それがこの業界のルールですから。ですが、できたら瀧川さんが書き残された仕入れ台帳を見せてはいただけませんか。

最初は渋っていた弘枝が、一つの提案を申し入れてきた。

京都の叔母が、十年ほどかけて集めた清水焼のコレクションを処分したがっている。それを、できれば高値で引き取ってはもらえまいか。

「高値になるか否かは、物を見てみないとわかりません。しかし可能な限り誠実な値を付けましょう」

そういうと、あっさりと仕入れ台帳を見せてくれることに同意した。

等々力渓谷にほど近い瀧川邸に着くと、弘枝がすぐに台帳を持って、玄関に現れた。

京都の住所を書いた紙を一緒に渡しながら、

「その台帳はお持ちください。返却も無用です。それから京都の件だけは、くれぐれもお願いしますよ」

とだけいって、すぐに奥へと引っ込んでしまった。あまりの愛想のなさに、彼女の骨董およびコレクター、業者といったものへの総合的な怨嗟《えんさ》の深さが見える気がした。車内に戻り、駒沢公園の駐車場まで走らせると、そこで陶子は瀧川の残した台帳をめくり始めた。

九

根岸さんですか。先日のご依頼の件ですが、なんとか調べることができました。ええ、大槻寛二がどのような経路で円藤茂樹にたどり着いたのか、です。彼はわたしの手元にある円空の出所を調べ上げたのですよ。あれが、元はさるコレクターの所有物で、それをわたしが買い取ったことは説明しましたね。大槻は、そのコレクターに鬼炎円空を売りつけた業者を突き止めたんです。彼も銘木屋という表の顔を持っていますから、そうしたことは比較的簡単に調べることができるのですよ。で、コレクターに像を販売した業者ですが……同業者を悪くいうわけにはいきませんが、良心的なタイプの骨董業者ではありません。ああ、実名についてはごめんなさい。狭い業界だから、何かと差し障りがあるんです。いちおう富山の業者、とだけ。しかし、例の円空に関しては、絶対的な自信を持ってコレクター氏に販売したようです。彼の前に、さらに何人かが同じ物を扱っていますね。ただ、円空はいろいろと難しい一面を抱えているので、皆、取引をおおっぴらにしたがらないし、それにあまり長く手元に置きたがらないのですよ。そう、どこかの変わり者の旗師とは違って。ですからこの半年ほどで複数の業者の手を経た後、コレクターの元に収まったと考えられます。肝心の大元ですが……長野の古寺で発見された円空仏ということになっていますが、これは明らかに嘘です。いろいろ調べた結果、北陸地方の競り市で落札したと、長野の業者に持ち込んだ男がいたんです。ご丁寧に他人の保険証を提示したようですが、円藤茂樹に間違いありません。根岸さんからお借りした写真で確認をとりましたし、ついでに大槻らしい男が訪ねてきて、同じ質問をしたこともわかっています。わたしですか？　これから京都に向かうところです。いえ、事件とは関係ありません。実は今回のことで借りが一つ。それを返さないとなんだか気持ちが悪くて。あまり長い滞在にはならないと思います。せいぜい一日か二日。そちらの捜査はいかがですか。ああ、新幹線がホームに到着しますので、いったん切ります。詳しいことは戻ってから。では。

――そういいながら、狐はまた一つ嘘を重ねる。

苦笑いしながら、陶子は携帯電話のスイッチを留守番機能に切り替えた。

瀧川弘枝の依頼を片づけたら、寺町通りにある骨董商を訪ねるつもりでいた。そのために例の鬼炎円空を、別便でホテルに送ってある。円藤が持ち込んだものとは別物だが、骨董商の目をもってすれば、それが同じ手によるものか否か、わかるのではないか。淡い期待に過ぎなかったが、少しでも可能性があるならば、それを試さずにはいられなかった。

弘枝の叔母という女性の家を中京区はずれに訪ねると、意外なほど歓迎された。弘枝からよほどにひどいことを吹き込まれているのではないか。あるいは、趣味以上に価値を見いだすことのできない、駄物を見せられるのではと危惧していた陶子だが、「わたしら、なんにもわからひんよって」といいながら、出された十点あまりの清水焼の茶碗は、いずれも筋の良いもので、中には三代清水六兵衛の青磁まであった。

「これは！」と、思わず息をのんだほどだ。

個人的な嗜好《しこう》からいえば、清水はさして面白いものではない。端正すぎて、どこか味わいに欠けるところがある。「京美人に似て、どこか冷たい」といわれるほどだ。だが、清水六兵衛ほどの作となると話は別だ。十分に「誠実な値」をつけると、交渉はあっさりと成立した。ただし、それだけの品物になると、おいそれと梱包するわけにはいかない。今回は互いの契約を確認すると同時に、とりあえずの手付けを打ち、改めて専門の運送業者を派遣することで合意した。

どれほど大きな事件に巻き込まれようとも、陶子の中には常に旗師の一面が目を覚ましている。筋のよい物を適正な値段で仕入れることができたときは、我知らずのうちに足取りまで軽くなっているほどだ。

その足取りで駅前のホテルに向かい、チェックインをすませた。すでに鬼炎円空は部屋に運び込まれている。あらかじめ調べておいた寺町通りの骨董商に電話を入れると、

「例の円空？　ああ、そないなことがあったな」

と、柔らかさと粘り気のある声が返ってきた。

「実は、当方にも見てもらいたい物があるのですが」

「まさか、円空やないやろな。そのとおり？　ああ、やめてんか。うちは円空お断り。こないだのことかて、府警のお巡りさん、入れ替わり立ち替わりきはって、商売台無しや」

「お願いですから、見るだけ見ていただけませんか」

そういって、旗師の冬狐堂を名乗ると、相手の態度が一変した。さらに粘り気を増した主人の声が、耳の奥深い場所へとからみつく。

なんや、あんたはんが冬狐堂さんかいな。せやったら最初からいうてくれはったらええのに。円空仏は鬼門やが、相手があんたはんやったら話は別や。よろし。見せて

もらいまひょ。明日にでも店の方へ出張っておくれやす。お待ちしてますう。
ただ、陶子の手元の鬼炎円空を見るのが目的ではない。ほかにも話があると、主人の声質が告げていた。自分の知らない新たな切り札が、そこで切られる確かな予感に陶子は背筋が緊張するのを感じた。

季節ともなれば、制服姿の修学旅行生があふれる寺町通りは、御池《おいけ》通を境に雰囲気を一変させる。長い長い歴史の中で、京都を終《つい》の棲家《すみか》として疑うことのない市井の人々が、日々日常を過ごす町並みが、御所まで続く。古くからの商家が並び、その間隙に点在するかのように古書店、古物商も数多く店舗を営んでいる。

古物商・糸井榮一の《四時庵《しじあん》》もそのうちの一軒である。《四時》とはすなわち四季のことであり、また一カ月を《晦《かい》》《朔《さく》》《弦《げん》》《望《ぼう》》の四つに区切ることを指す場合もある。硝子《ガラス》戸の外から素早く店内を見回した。表の陳列ケースに並んでいるのは、古文書がひと揃い。だからといって、古書専門店ではないようだ。店内右手の棚には古民具が並べられているし、逆に左手は書画の棚になっている。あまりに多くのジャンルを扱う業者は「悪食《あくじき》」と呼ばれ、ともすれば顰蹙《ひんしゅく》を買いがちだが、四時庵にはそうした趣味の悪さが微塵もない。あえていうなら「美しい」のである。どの古物を見ても筋の良さが一目でわかるし、なによりもそれを選び、供給しようとする主人の

目の高さ、まっとうさが店内のそこここに滲んでいる。にもかかわらず、

「おかしいな」

と陶子はつぶやいた。きれいなほど欠けていると、続けそうになって唇を引き締めた。確かに糸井榮一という男は、ただならぬ目利きといってよかった。でなければよほど優れた番頭に恵まれているか。そうしたことは店を見れば一目でわかる。にもかかわらず、陶子は胸の内にわき上がった疑念を抑えることができなくなった。

仏具関連の商品が、一点たりと見あたらなかった。仏像なし。仏画なし。経典古書なし。仏具なし。たぶん糸井榮一は、己の目に多大な自信を抱いているに違いない。だからこそ、悪食にしか見えない店内を、美学という一点において見事に統一せしめているのだ。そうした男が、仏具関連の古物にだけまったく興味を示さぬということが、果たしてあり得るのか。

——なによりも。

そうした古物をまったく取り扱わない店に、なぜ円藤茂樹は、円空仏を持ち込んだりしたのか。悪食を専門とする業者とはきわめて例外であり、おおかたの古物商はそれぞれに守備範囲を持っている。そこを逸脱することは、同時に「大火傷《おおやけど》をする」というのが、この世界の常識でもある。だからこそ、陶子のように店舗を持たない旗師は、より広いネットワークの構築に常に腐心しなければならない。

それとも円藤は、そんなことも知らない半素人であったのか。

「お入りやす」という、柔らかな声が合図となって、陶子は硝子戸を開けた。店の奥、勘定場に座る和装の糸井榮一を一瞥して、

——ああ、これが生粋《きっすい》の京人なのだな。

十年や二十年、いや一代や二代では決して造ることのできない遺伝子の影響を、どこまでも柔和な糸井の表情の中に確かに見た気がした。集めた情報によれば、とうに七十を過ぎているはずなのに、顔にはしわ一つない。古色は感じられるけれど、十分に手入れの行き届いたなめし革を思わせた。

「冬狐堂、宇佐見陶子です」

「会うんは初めてやが、あんさんのお噂はちょくちょく耳にさせてもろてます」

「あまり、よい噂ではないでしょう」

「噂は所詮、噂に過ぎしまへん。ま、凄腕《すごうで》の別嬪さんやいうんは、噂に違うてないらしいが」

そういいながら、糸井は陶子が手にした荷から目を離さない。ゼロハリバートンを改造したアルミケースである。目配り一つに、油断のならない力量が伝わってくるようだ。

バブルがはじけて以来、人の気持ちも荒《すさ》んでしまい、骨董の世界までずいぶんと世《せ》

知辛《ちがら》くなった。それは東京も変わりありません。粋《すい》がなくなったら、おしまいだとは思いませんか。お金だけではありませんからね。

なにげない世間話を続けた後に、これまたごくなにげない調子で、「そろそろ、本題に入りまひょか」と、糸井がいった。アルミケースから、さらしに巻いた鬼炎円空を取り出した。布をほどき、中身をあらわにする前に、すでに糸井の手には白い手袋がはめられている。「ちびっと、拝見」といったその目が、糸のように細くなり、顔から柔和な表情が霧散した。

およそ三十分、それこそ虫食いの痕跡一つ見逃さぬ緻密《ちみつ》さで鬼炎円空を睨め回した後、元の表情を取り戻した糸井が、

「ええもんでんなあ。こら、まさしく円空や」

しみじみといった。

「けれどこれは円空ではないのです」

「鬼炎円空ですか。その話も、こっちに伝わってきてますわ」

だが、これは紛れもなく円空だ。この仏像には円空にしか彫りえない真実がある。もしもこれが現代の作というなら、円空複数説は、それだけで証明されたようなものだ。

糸井の言葉に、陶子は虚《きょ》をつかれた思いだった。

「もしかしたら、雑誌を」と、不用意に漏らした言葉に、陶子は激しく後悔した。糸井が言葉の持つ意味に気がつかないことを切に願ったが、相手はそれほど甘くはなかった。

「ふん、やはりそうでしたか。あの記事、あんたはんが書かはったものですな」

「……………」

さすがに某大学の助教授に代筆をしてもらったとはいえないが、陶子は自らの沈黙が明確な回答であることを十分に理解していた。

「あの、円藤とかいう男」と、糸井がつぶやき、続けるべき言葉を模索するように沈黙した。

「いかがでしたか、彼が持ち込んだ円空は」

「本物や。しかし、偽物でもある」

同じ意味の言葉を、池袋の鈴本の口から聞いたことをふと思い出した。

「ということは」

「まさしく、同じ手による円空やった。しかし……こらまた奇妙な」

「なにか、不審な点でも」

陶子の問いには答えずに、糸井の指が法衣の襞を迷いもなくなぞった。その部分に隠し彫りされた二つの文字を、正確にたどっている。

——なぜ、隠し彫りのことを！

鬼炎円空について、すでに多くの業者が知っている。だが、その法衣に隠された北条鬼炎のサインについて、陶子は記事の中でもいっさい触れていない。これから後、鬼炎円空が正真物の円空仏として市場に現れるとしたら、そのとき隠し彫りは贋作であることを証明する物的証拠となる。そうした情報はなるべく伏せておいた方がよいと、判断したからだ。あるいは、三十年前の新宝デパートでの事件を、独自に調べたのか。

——そんなはずはない。

あの事件の詳細を知りうる人間は、今ではごくわずかだ。展示会および頒布会の直前に中止になったために、表だった事件にはならなかったからだ。事件を知りうる人間の一人が円藤だが、彼が事件のことを、買い手である糸井に話すはずがない。

「もしかしたら、糸井さん」

「ああ、新宝デパートのことはよう覚えておるよ。なにせわたしも、頒布会に参加するはずの一人やったからねえ」

というよりは、円空の大半は自分が買い取るつもりだったと、糸井は付け加えた。

「じゃあ、円藤のことも」

「忘れられますかいな、あの悪党のことは。会を企画した段階から、ちょくちょくこの店に出入りしとった」

「もしかしたら、彼がこの店を訪ねてきたのは、円空仏を売るためではなくて。甦った鬼炎円空を見せにきたのですか」

「せや。今度の出来はまた格段に上物やろ、いうてな」

ついては、あんたも一口乗らんか。幸いなことに、どこかの馬鹿が、円空複数説とやらを唱えてくれている。しかもなかなかに評判がいいそうだ。だったら、これからも日本のどこかで新たな円空仏が発見されたって、かえってその説を証明するだけのことじゃないかい。円空はまだまだ稼げる。なんだったら海外に売り飛ばしたっていいんだ。それに、かつては仏像の鑑定をやらしたらピカイチといわれたあんたの眼力があれば、鬼に金棒だよ。なあに、そうなりゃちまちました骨董を売り捌いて、日銭を稼ぐのがばからしくなるよ。わたしだって、どうしても金が必要なんだ。どうだい、一口乗らないか。

円藤はそういって糸井を口説いたという。

「だけどあなたは、円藤が円空仏を売りに来た、と警察に通報しているじゃありませんか」

「面倒に巻き込まれるんは、ごめんやさかいね。かというて、あないな悪党が跳梁跋扈するんも我慢できひんかった」

「じゃあ、この店に仏具がいっさい置いてないのは」

「あの事件で、懲りた。いや、最初は円空仏の恐ろしさを知って、怖じ気ついただけやってん。それが日を追うごとに、仏具に対する自分の目に自信がのうなってね。この商売、己の目に自信がのうなったら、命取りやさかい」

「ということは、糸井さんは三十年前に実物を見ておられる」

「見たよ。恐ろしいほどの出来やった。せやけどな」

真顔になった糸井の目の奥に、まったく裏腹の表情を陶子は見た。

稚気、である。

自らは贋作などに関わりたくないと言い切る糸井。けれどどれほどまっとうな商売を営むものでも、この世界に生きる限り、贋作との関わりを完全に断ち切ることなど、できようはずがない。なによりも、己に降りかからぬ限り、贋作ほど面白い物はないと、糸井の目の奥の表情が問わず語りしている。

それだけではなかった。その目が、もっと恐ろしい意味を持っていることに、陶子は次の言葉で気づかされたのである。

「あの悪党が持ち込んだ、円空な。明らかにこの鬼炎円空と同じ手になる物やった。けど、あれにはこないな隠し彫りがなかってん」

「なんですって⁉」

「三十年前に、マジックできれいに隠し彫りをなぞられた鬼炎円空、この目ェがちゃんと覚えとるわい。せやけど、あの円空にはそれがなかった」

それでもおまえは、鬼炎円空と見破ることができるだろうか。当方は対岸の火事よろしく、拝見するとしよう。もちろんおまえには、ここで降りるという選択が残されている。けれど、冬の狐とまで呼ばれたほどの旗師が、果たして簡単に降りることができるだろうか。

陶子が所有する鬼炎円空には化学処理が施されている。しかし、それもいつまでも痕跡が残るわけではない。また化学処理を施さずとも、ちゃんとした古材を使い半年も野ざらしにすれば、それらしい古色は十分に出すことができる。贋作者に古材を提供するのは、なにも大槻一人の仕事ではない。

「それにしても……円空複数説とはまた、奇抜《きばつ》なことを思い立ったもんやね」

「特に奇抜であるとは思いません」

「ほお、そらまたどうして」

糸井の人を食った物言いに、やや感情的になりながら、陶子は答えた。

木食《もくじき》上人はご存じですか。円空が諸国を放浪していた江戸時代初期、やはり造仏を修行の一環として、諸国を放浪した造仏聖がいました。彼らの中には五穀のいっさいを絶ち、木の実さえも火を通さずに食べ続ける、いわゆる「木食戒」の行を成就した者も多くいました。彼らは名前に「木食」をつけて称されることが多いのですが、中でも有名なのが一七一八年、甲斐に生まれた木食明満《みょうまん》です。彼もまた諸国に仏像を残していて、現在、造仏聖の木食といえば、彼のことを指すんです。おわかりですか。木食とは彼の名前であると同時に、別の見方をすれば、ただ単に一つの修行形態を成就した僧侶の名称に過ぎないともいえるのです。

「なるほど。円空もまた同じであると」

「彼が成就した修行というのが、木地師の流れを引く造仏技術のことであったとしたら」

「そら、ずいぶんとおもろいねえ」

ふと見ると、帳場の横に『芸術潮流』誌が置かれているのが見えた。

けれどすべては推測に過ぎない。あくまでも推測の域を出ないけれど、十分に面白すぎる新説は、時として思いがけない流れを生む場合がある。説が奇抜であればあるほど、それを真実と思いこむ人間が出ないとは限らない。いや、もしかしたら十分にその効果は表れているかもしれない。それが、ほかならぬ円藤茂樹であったとしたら。

糸井が、陶子の目を見ずにいった。

「とまあ、今のところ、いえるんはそれだけや」

用は終わった。早くお帰りといわれた気がして、陶子は暗い表情のまま鬼炎円空をしまい始めた。アルミケースの鍵を閉めたところへ、「せっかくやから、土産でも持たしたげまひょ」と、糸井が帳場の下から取り出したのは、B5サイズの小冊子だった。表紙に円空仏の写真が添えられている。

「これは？」

「なんぞの参考になるやもしれん。三十年前の新宝デパート、あそこで行われるはずやった秘密の頒布会用に配られた、目録や」

糸井は、どうしてもその目録を捨てられなかった。それを見るたびに、骨董の恐ろしさを自らに刻みつけてきたのだといい、

「印刷のせいもあるんやろけど、今見たらやっぱ、正真物とはどこかちごてるんや。どこがどうとはいえへんねけどな。実物を先に何点か見せてもろてたからね、目ェが曇ってたんかしらん」

と付け加えて、陶子を送り出した。


「で、あたしに見せたいものって」

京都から帰って三日目。待ち合わせのバーに顔を見せるなり、横尾硝子がいった。これなんだけどと、バッグから取り出したのは、糸井が渡してくれた三十年前の目録である。

「前に硝子さん、いっていたでしょう。円空仏と光の相性について」

「ああ、あれか。まあ、酔った上での与太話だと思って」

そういいながら、目録のページをめくる硝子の指が、一点で止まった。唇が引き締められ、表紙の写真を見直す。また別のページをめくり、さらに次の写真の表面を指でなぞる。そうした動きが一つ一つ重なるたびに、硝子の表情が険しくなるのがわかった。

やがて「同じだ」という、低音《こごえ》の一言が唇からこぼれ落ちた。

「どうしたの。なにが同じなの」

「この写真を撮ったカメラマン、あたしと同じ失敗をしている」

「やっぱり！」

帰りの新幹線の中で目録を見るうちに、陶子の中に違和感めいたものがわき上がった。目録に添えられている写真は約二十点。いずれも若き日の北条鬼炎の作品だが、「正真物とはどこか違っている」という糸井の言葉が、陶子にも理解できたのである。そこに硝子のいった「円空仏と光の相性」という言葉、さらに同じ折に彼女が漏らした「正面から光を当てるとね、ニヤッと笑っているようで、気持ちが悪いほどだ」という言葉が重なって思い出されたのである。

ニヤッと笑っているようで、気持ちが悪い。

それはまさしく鬼炎円空が醸《かも》し出す空気を、見事に言い表した言葉だった。

「ね、なんだか気持ちが悪いでしょう」

「これだよ、あたしもこんな写真を撮ってクライアントに嫌われてしまったんだ」

「これじゃあ、目端《めはし》が利く人間ならば、真贋を疑いたくなるはずよ」

「問題はそこなんだなあ」

どこかで小さな齟齬《そご》がある気がするといったまま、硝子は黙り込んでしまった。

いやね、あたしの失敗の原因はわかっているんだ。こないだもいったっけね。円空仏はどうやら一定の光に対してのみ、相性がいいらしい。その方向の光を見つけることが、円空仏を撮影するこつというか、ポイントなんだよ。でもね、こいつはちょっと違う。そりゃああたしだってプロだもの、写真さえあれば、あらゆる光の方向をシミュレーションすることくらいできるさ。その仕上がりだって十分に想像してみせる。でも、こいつはほかの円空とやはり違う気がするよ。

ゆっくりと考えた後、硝子はそういった。その言葉が、陶子の中に一つの答えを生み出した。あくまでも可能性ではあるが、簡単な実験さえすれば、可能性を確証に変える自信があった。

「お願いがあるの、硝子さん」

「面白いことなら、いつでも参加しますですよ」

「うちにある円空もどきを撮影してくれないかな。うん、インスタント写真でいいから」

「そんなことならおやすいご用だ。確か陶子んちには撮影機材一式そろっていたね」

商品のごく簡単な撮影なら、陶子は自分でこなす。長いつき合いの中で、横尾硝子から技術を教わったのである。機材の中には照明器具もあるし、インスタントフィルムもある。

「じゃあ決まりだ。これから出かけよう」

「今から!」

「鉄は熱いうちに打て。楽しいことは何にもまして積極的に即行動」

タクシーをとばして自宅マンションに戻ると、かって知ったる闊達《かったつ》さで硝子は撮影機材を組み立て始めた。その間に陶子は、撮影後のワインタイムに備えて、あり合わせの酒肴《しゅこう》を用意する。

「用意できたけど」という硝子の言葉に、厨房《ちゅうぼう》作業を中断して臨時のスタジオへと向かった。すでに三台の大型ストロボのサブライトが、それぞれ異なる方向から撮影台を照らしている。ストロボと台との間に、それぞれ厚めのトレーシングペーパーが幕のように垂らされているのは、強力すぎる光によって無用な影ができるのを軽減するためだ。

「まず右ストロボで撮ってみるね」

すでに絞り調整はできているのか、硝子がいきなりシャッターを切った。

次に左ストロボ。それから真上からのストロボ。左右のストロボ。右と真上。左と真上。

「そして最後に、全ストロボ」

七枚のインスタント写真をテーブルに並べると、早くも硝子は機材の撤収を始めた。撮り直しなど、はなから考えていないところが、いかにも硝子らしいといえた。

「ストロボは熱を持っているから後回し」

「そのままにしておいて、あとでわたしが片づけるから」

時間を時計で確かめ、テーブルに並べたインスタント写真の現像膜を、硝子が次々に剝がしていった。

「決まりだね。この円空仏……じゃなかったもどきくんは、左からのストロボに光の相性を持っている」

そこに写っているのは、見事な笑みを浮かべた円空仏だった。隠し彫りのサインさえなければ、たぶん糸井榮一ほどの目利きでさえもだまし果《おお》せるほどの完璧な円空仏。

「完成していなかったんだ」

「なにが？」

「三十年前。新宝デパートに展示されるはずの鬼炎円空はまだ完成品じゃなかった。目録を見てそのことに気がついた鬼炎は、絶望のあまり会を台無しにしてしまったんだ」

彼にとっては、頒布会のことなど関係なかったのではないか。ただひたすら円空になることだけを求めた北条鬼炎は、自分がまだその域に達していないことに気がつき、そして絶望して、自らを封印する気になったのだ、と陶子は確信した。

「どういうことなの陶子」

「つまり、正真物の円空仏は撮影に際して一定の光に対して相性を持っている。それがすなわち正真物の証でもあるの。理由はよくわからないけれど……。でも北条鬼炎の造った円空は、どの方向から撮影しても相性がよくない。見た目では確かに本物と見まがうばかりの出来だけれど、写真という機械的な目を使うと、たちどころにその欠点が表れてしまうというわけ」

それは一つの解答であり、陶子がようやくたどり着いた真実だった。が。真実が常に喜色あふれるものであるとは限らない。

「ということは、新たに造仏された鬼炎円空は、その欠点を克服したということになるね」

硝子の言葉に、陶子はうなずくしかなかった。

しかも、甦った鬼炎円空には二つのバージョンが存在している。
《鬼炎》の隠し彫りがあるものと、そうでないもの、である。

十

贋作に泣きたくなければ、怪しい物《ブツ》に近づかなければよい。膝より深いところに立ち入らなければ、溺れることがないのと、理屈は同じだ。あくまでも理屈の上では、言葉の上では、の話に過ぎないが。骨董の世界ではそうもいかない。怪しい物に近づかないとは、すなわち骨董そのものに近づかないことを意味している。

――だが、わたしは今、二つの選択肢を持っている。

やがて世に現れるであろう円空仏に、関わるか否か、である。たとえそれがどれほど正真物に見えようとも、陶子は真贋を確かめるすべを持たない。陶子ばかりではない。完璧なる円空の領域に到達し、なおかつ《鬼炎》のサインを消し去った新たなる鬼炎円空を「偽物」と断定できる目利きが果たして存在するだろうか。ならば、円空そのものに近づかねばよい。自明の理としかいいようのない現実を前にして、陶子はなおも迷っていた。

「お待たせしましたか」と、喫茶店に入ってくるなり、根岸が大げさに手を振り回しながら大きな声を上げた。その後ろで四阿が、困惑とも恥じらいともつかぬ笑顔を張りつかせている。

「京都はいかがでしたか」

「なかなかよい商売をさせていただきました」

「ついでに、寺町通りの古物商……ええっと、四時庵とかいいましたか。訪ねたでしょう」

「まさか尾行を？」

「それほど人手《ひとで》は余っていません」

あなたが京都に行って、手ぶらで帰ってくるはずがないことくらい、十分に予想していましたよ。それほど浅いつき合いではないでしょう。で、どうだったのですか。なにか拾い物はありましたか。

絶対に人がよさそうには見えない笑顔を浮かべる根岸に、陶子はサインなしの鬼炎円空の存在を告げた。

「どういうことですか」

「平成の世に甦る鬼炎円空には、二つのバージョンが存在するということですよ」

「サインなしというと」

「もう誰にも真贋を見分けることができません」

「だったら、それを世に広めて、注意を呼びかけさえすれば」

「そんなことをしても、円空仏を買い取りたいと願う人々が減ることはないでしょう」

たとえ裏の取引をしてでも。いや、裏、故にこそ需要は決してなくなることはない。それが、この世界に存在する恐ろしくも愚かな磁力でもある。「腐ってますね」という四阿のつぶやきは、まさしく陳腐で、そして正確きわまりない表現といえる。

「すると、事件はどうなるのですか」

「たぶん、三十年前の新宝デパート事件当時はまだ致命的な欠点を持っていた鬼炎円空が、今にいたって完成形をみた。それが復活の理由です。そして復活を阻止しようとした大槻は、命を落としたのです」

「円藤はどうですか。やつは贋作グループの仲間でしょう」

「仲間割れをしたのではないかと、思われます」

いくら古材を使ったところで、そこから削りだした円空仏にはどうしても新味が現れてしまう。木肌の下には、十分に新しい木目が隠されているからだ。古色をつけるには、化学処理を施すか、それなりの時間をかけて風雪にさらす以外にない。

「すると?」

「化学処理は、その痕跡が検出される可能性があります」

「そうか！　京都に持ち込まれた円空仏は、円藤が勝手に持ち出したものですね」

答える代わりに陶子はうなずいた。

より確実に鬼炎円空を正真物に変えるには、相当な時間を必要とする。半年か、あるいは一年か。本物の風合いは、化学処理では絶対につけることができない。

「けれど、円藤がそれほど待つわけにはいかなかった」

「それについては、こちらで調べがついています」と、四阿がやや誇らしげにいった。

円藤には五歳になる孫娘がいましてね。溺愛《できあい》していたのですが、生まれついて腎臓に障害があり、今も移植を待っている状態なんです。ところが日本では年少者の臓器移植がほとんどできない状態です。脳死さえも、年齢によって認められておりませんしね。そこで円藤は考えた。あとは海外で臓器移植をする以外にない、と。

「ははあ、すると、そのための費用を」

「孫娘の容態があまりよくないそうです」

半年、一年も待つわけにはいかない円藤と、より完璧な贋作づくりを目指すグループ。二つの決して交わることないベクトルの果てに、円藤の死がある。焦る円藤にとって、陶子が『芸術潮流』誌に掲載した「円空複数説」が、またとないチャンスに思えたことだろう。今なら円空を市場に持ち出しても大丈夫と、神ならぬ声を聞いてしまったのかもしれない。

「そういえば、円藤の出身地ですが」

「ああ、調べておきました。福島県の会津です」

それがなにか、と問う四阿に、以前のことになるが、鬼炎円空から手をひけという、
謎の電話がかかってきたことを告げた。

「たぶん、円藤なりの忠告だったのでしょうね」

「すると、その時点で彼はグループを裏切るつもりだったのだろうか」

「場合によっては」

「敵も味方もない世界ですね」

四阿の皮肉に、陶子は答えなかった。

「これですべての事件が一本の線によってつながったわけです」

「けれど、我々にはなんの証拠もない」

「打つ手さえない」

根岸と四阿が、焦りをにじませながらほぼ同時にいった。

「そうでもありませんよ」

「なにか、うまい方法がありますか」

「時間はかかりますが、彼らをこちら側に招き入れることができるかもしれません」

「どういうことです」

「わたしの手元にある鬼炎円空を使って、架空のコレクターを作り上げます。なにが何でも円空をほしがる、熱狂的なマニアを」

最初は喜色を浮かべていた根岸だが、しばらく考え込んだのちに、首を横に振った。

「だめですよ、冬狐堂さん。あなたが今いったばかりじゃありませんか。今や鬼炎円空はすべての欠点を補い、しかも隠し彫りのサインさえないものがあると」

それが贋作であることを証明できない限り、動機を確定することはできない。

「我々は詐欺犯を追っているわけではありません。二人の人間を殺害した殺人犯を追っているのですよ」

「けれど、二つの犯人は同一人物、もしくは同一グループです」

「殺人の罪で起訴できなければ意味がありません」

陶子と根岸のベクトルもまた、平行線をたどるばかりだった。


冬狐堂さんひどいじゃないか。例の鬼炎円空を、ほかのコレクターに売ってしまったって？　そりゃあ、良い値が付けば仕方がないが、ちょっとばかり仁義にはずれちゃいませんか。そんなことばかりをやっていると、いつか手痛い目に遭いますよ。

半ば脅迫めいた苦情の電話を、三日も続けて、違う業者から受けると、さすがに少々気が滅入ってきた。それぞれに陳謝し、次の市で仕入れたものを格安で回すから

と、幾度も電話口で頭を下げるうちに、

――わたしはなにをやっているのだろう。

いつの間にか旗師の仕事を忘れ、鬼炎円空にのめり込んでいる自分を責める気持ちがわき上がってきた。が、一方で苦情の電話を、

――これはこれで、計画通りだ。

と、納得する自分がいる。

冬狐堂がどうやら、コレクターをくわえ込んだらしい。仏具関係に触手を伸ばしていて、ことに円空仏には目がないらしい。今のところは複製で我慢しているが、冬狐堂の話によると「本物の円空ならば、裏取引でも良いから手に入れたい」とまでいっているとか。

こうした噂が、市場に流れるのにさして時間はかからなかった。それほど狭い世界なのである。

厚木の市に参加しているときのことだ。「筋の良いものが手に入ったのだがね」と、ひとりの業者が声をかけてきた。

正真物の円空なんだが、あんたのコレクターを紹介してくれんかね。絶対にあんたの顔に泥を塗るようなまねはしないから。もちろん手数料ははずむよ。売値の一割で、どうかね。

そういって業者が見せてくれたのは、箸《はし》にも棒にもかからない偽物だった。円空の粗削りを、稚拙と勘違いしたとしか思えない出来に、「ご冗談は別の機会に」と一蹴した。そうしたことが幾度か重なり、いつの間にか「冬狐堂は円空の大した目利きだ」という、噂の副産物までささやかれるようになった。

一方で陶子は、古材の入手経路を探ろうとした。大槻亡き今、彼らは新たなルートを開発しなければならない。表だって動くことを避けたい陶子に、思わぬ協力の手をさしのべてくれたのは、京都の糸井であった。「どうせ、乗りかかった船やし」と、裏のつながりに手を回してくれたのだ。もちろん、ただの親切ではない。仏具関係からは足を洗った、と糸井はいうが、それほど骨董世界の業は生やさしくはない。糸井の中に、今も仏具への執念が熾火《おきび》のようにくすぶっていることを陶子は知っているし、そうでなければ、生きてゆけない世界でもある。一連の事件が片づけば、鬼炎円空はまったく別の価値を持ちうると読んだうえでの、協力の申し出なのだろう。

ありがとうございます。本当に助かります。たぶん奈良あたりに手を伸ばしているのではないかと思うのですよ。神社仏閣の改修工事、あるいは古い社の解体。そうしたところから古材を調達しているはずです。

「まだまだ甘いな、狐はんは」

電話の向こうから、粘着質の笑いが届いた。

「そないな表だった工事に、贋作師が食いつくはずもなし」

「甘い?」

「そうでしょうか」

「わたしやったら、京都の貧乏寺をねらいまんな」

観光の波からは完全にはずれ、しかも慢性的な財政難にあえいでいる、檀家数の少ない貧乏寺。そこへ「浄財を寄進したい」といって、社殿建て替え用の資材を提供すればよろし。相手は一発で食いつきます。

果たして、嵐山の渡月橋から徒歩で数十分もかかる貧乏寺に、まったく同じ申し出があったことを糸井が突き止めたのは、三月後のことだった。

——これが傍証にはなるだろう。

陶子はその足で京都に向かった。

糸井が待ち合わせ場所に指定したのは、先斗町《ぽんとちょう》の小料理屋だった。路地の奥にひっそりとたたずむ店で、のれんもない。知らなければそのまま通り過ぎてしまいそうな店に、糸井はすでに到着していた。

「このたびは」と挨拶をしようとすると、「口上はよろし」と、先に制された。

まもなく運ばれてきた料理は、懐石のようでもあり、おばんざいのようでもあり、糸井にいわせると、

「京の粋と野暮とをはんなりと料理したら、こないなモン、できましてん」

らしい。だが、陶子にはそれを味わうゆとりがなかった。それを見透かしてか、

「嵐山のお寺な。話を持ちかけてきたんはひと月ほど前らしい」

「となると、その古材で作った円空は、まだ当分出てきませんね」

「せやな、あと一年ほどは」

「すると、次に出てくる円空は、大槻寛二が用意した古材で作られたもの」

「たぶん、そうなるやろ」

嵐山の貧乏寺から調達された古材は、今現在、円空仏へと生まれ変わりつつあるだろう。が、古色をつけて市場に出回るには相当の日数がかかると、予測される。

糸井が盃を空けて、

「見破れるか」

隠し彫りのない鬼炎円空の真贋を、どう見破るつもりか。

糸井の目がそういっている。

「決め手が……ありません」

「その、大槻某とやらが生きてさえいたら、木目を読みとることもできたんやろが。いや、それとても、決定的な証拠にならんか。しょせんは闇の住人の証言や。まともに耳を傾ける者なぞ、いてへん」

その一言が、陶子の記憶を呼び覚ました。

「そうか、それで大槻はあんなものを！」

「あんなもの？」

驚く糸井へ形ばかりの礼をいい、陶子は店を飛び出した。

新幹線の最終便に飛び乗る前に練馬署に電話を入れ、根岸を呼びだした。

旗師の日常に埋もれるふりをして、陶子は待った。

それでも、鬼炎円空グループが動き始めるまでに、なお二つの季節をまたがねばならなかった。

十一

あなたがお電話をくださった田崎直也さんですか。冬狐堂・宇佐見陶子です。円空仏をお持ちだとか。どうぞおかけください。わたしが円空仏を探していることを、どこでお聞きになりました。いえ、物が物だけに、あまりおおっぴらにはしていないのですよ。まあ、狭い世界ですから、すぐに噂が伝わってしまうのですが。困ったものです。

ああ、わたしの後ろにいるコレクターですか。今のところは名前を伏せさせてください。さる企業の経営者なのですよ。社会的地位もあります。いずれつながりが深まったら、そのときはご紹介させていただきますから。

では物をお見せいただきましょうか。

ほお！　これはすばらしい。善女竜王に十一面観音、それに善財童子の組み合わせですか。これはもしかしたら……やはりそうだ。岐阜県武儀郡洞戸村の高賀神社に奉納されているものと同じ構図じゃありませんか。しかも三体がくみ合わさって一木になるところまで同じとは。あちらは二メートル近い大作りだが、これはその四分の一ほどですね。いや、大きいとか小さいとかの問題ではありません。そんな要素が価値を決めるのではないのです。それにしても、お話に違わぬすばらしい出来です。これならば、わたしの依頼人も喜ぶでしょう。で、まず、そちら様の言い値をお聞かせ願えますか。

二千万ですか！

確かにその価値はあるように思えます。もちろん、その程度の金額を出し渋るような依頼人でもありません。しかし、同時に、二千万円は簡単に右から左へと移し替えて良い金額でもないのです。おわかりいただけますね。そうなると、申し上げにくいのですが、ええ、そうです。鑑定にかけさせていただくことになりますが、よろしいですか。もちろん預り証は書かせていただきますし、期限も一週間ほどで結構です。

こちらにも専門的な鑑定人がいるのですよ。鈴本さんとおっしゃって在野の研究家ですが、ご存じですか。それに国立の研究機関にも少々つてがありますから。

わたくしですか？　個人的な感想をいえば、まず間違いなく本物の円空でしょう。偽作にはない滋味と風格があります。

ところで、この円空仏の出所は。

はあ、それを聞かないのがルールですか。しかし、あまりにまずいところから出た物となると、依頼人が渋る可能性も出てまいりますしね。どうでしょう、およそのところだけでも。はあ、青森県の旧家。なるほど、円空は向こうに旅をしていますからね。そこで彫った仏が、世話になった家に残されている可能性は大いにあると思います。

では田崎さん。三体の円空仏を確かにお預かりいたしました。一週間後の今日、もう一度お目にかかります。

本当にありがとうございました。

ようこそ田崎さん。

先にご紹介しておきましょう。こちらはわたしの依頼人で根岸さん。お若い方が秘書の四阿さんです。さて、早速ですが商談に入りましょうか。率直に申し上げて……鑑定の結果ですが、あの三体の円空仏に二千万円の金額をつけることはできません。いえ、多少の交渉の余地が残されているとか、そういった問題ではないのです。もっと根本的な問題です。残念ですが、あの円空仏は後世の偽物であることが判明しました。それもここ一年あまりのうちに作られた物です。

田崎さん、いえ、本当は北条鬼十さんとおっしゃるのですね。北条鬼炎と養子縁組をされたそうで。あわてなくてもいいじゃないですか。どうせ逃げ場などないのですから。ゆっくりと話を聞いていってください。

さて鬼十さん。円空仏の贋作を作る際、絶対に犯してはならないミスがあるのをご存じですか。技術よりも精神論よりも遥かに大切なことです。実はあなたはそこで大きなミスを犯してしまった。だからこそ、これが贋作であることが発覚してしまったのです。おわかりですか。円空仏の贋作を作るときに、決して犯してはいけないミス。それはね、絶対に木屑《きくず》を残してはいけないという点なんです。実にばかばかしいことでしょう。でもこれが命取りになるんです。そうでしょう。いくらなんでも江戸時代初期に彫られた仏像の、本体ならばいざ知らず、木屑などが残っていようはずがない。

それが残っていたのですよ。

これをご覧ください。一年ほど前になりますが、銘木屋の大槻という人物が殺害されました。彼が手に握りしめていた木屑が、これです。

それがどうしたって？　まだおわかりになりませんか。この木屑、北条鬼炎がこの円空仏を彫った際に出た木屑なんです。もちろん証明することができます。木には木の指紋があるからですよ。木目という名の、指紋がね。人間の指紋と同じで、木目だってまったく同じ物は存在しません。

ああ、ちなみにこのお二人は練馬署の刑事さんです。彼らに頼んで、科学捜査研究所というところで調べてもらったのですよ。すると、この木屑の木目と、こちらの善女竜王の法衣の木目が完全に一致したのですよ。これ、あなたが《鬼炎》の隠し彫りを削り取るときに出た木屑なのでしょう。ということは、大槻寛二は、その現場を見てしまったために殺害されたのですね。彼は北条鬼炎の復活を許すつもりだった。そこにはなんの邪心もなかったから。けれど、鬼炎の執念を汚す者だけは許さなかった。だからこそ死の間際にこの木屑を握りしめたんです。これは贋作の動かぬ証であると同時に、彼が贋作の工房で殺害されたという、なによりの証です。

これこそが贋作の証明だ。邪な考えを持つ連中を野放しにしてくれるな、と。

そしてあなたは、大槻の最後の願いに負けたんです。

根岸さん、四阿さんお疲れさまでした。もう連れていってください。こんな男の顔など見たくもない。

そうそう、根岸さんはいずれ、鬼炎の工房に行かれるのでしょう。前後の事情を聞かなければなりませんものね。お帰りになったら、工房の場所を教えていただけませんか。わたしも一度、訪ねてみたい。聞きたい話があるのですよ。

どうかお願いします。

幕

川上岳なら、宮村を経由して車で一時間ばかりかなあ。枝道伝いにかなり奥まで入ることができるし、女性の足でもそこから二時間ほどで山頂に到着できるでしょうよ。ただしあまり道が整備されていないかもしれないから、軽登山靴くらいは用意しておいた方がいいかもしれませんねえ。

丁寧に道を教えてくれた土産物屋の主人に礼をいい、陶子は店を出た。

国道から枝道へとそれ、車を車道の限界まで入れて、そこから徒歩で山道に入った。

荷物は小さなザック一つきりであったから、身は軽い。だが、山道は土産物屋の主人の言葉通り整備が行き届いておらず、むき出しの木の根や安定のよくない石塊で、陶子は幾度か足を取られそうになった。なれない道行きのせいか、予定から一時間遅れて山頂到着。その場で早めの昼食をとったのは、まだまだ行程の途中であるからだ。

ピークから尾根伝いに一時間ほど歩くと、そこで山道が途切れた。ここからは根岸が書いてくれた地図が頼りなのだが、これがまたわかりづらいうえに、字が汚い。

「北西方向に二十メートルほど下ると、道祖神《どうそじん》がある……か」

藪に目を凝らすと、ようやく人の踏み跡らしいものを確認することができた。根岸がこの道を通ったのが五日前のことだから、そのときにつけられたものだろう。道祖神があるということは、かつてはもっと人通りのある山道であったはずだ。それが時の経過とともに寂れ、そして今では人跡もまばらな獣道に変わってしまったということか。

——なればこそ、彼《か》の人にはふさわしい。

急角度の下り坂で二度ばかり転びかけ、足首に鈍い痛みが走るのを我慢してさらに下ると、高さ四十センチほどの石像を草むらに見つけた。

「やはり、軽登山靴を用意すべきだったか。ええっと、ここから右手に回り込む山道がある、と」

下ってきた斜面を横に巻くように、いくらかましな道がある。ましとはいっても人ひとりがようやく通行できるほどの小道で、山肌の反対側は大きく切れ込んでいて危険きわまりない。及び腰で道を行く根岸の姿が目に浮かんで、わずかに頰をゆるめたものの、陶子はすぐに表情を引き締めて歩き始めた。

場所によっては、左右の足をそろえて立つこともできない悪路である。しかも右側には急峻な崖がある。左手を斜面に生える木々に添え、一歩一歩を確認しながら歩くから、速度は相当に遅い。にもかかわらず、十五分も歩くと、背中にも脇の下にも汗が滴りそうになった。

さらに三十分。悪路を進むと、不意に目の前が開けた。これまでの狭小な空間が嘘のように開け、山の一角に小さいながらもはっきりとわかる平地が出現した。

「……ここか」

平地の端に、粗末な木造の小屋がある。耳を澄ませると、かすかに乾いた音が聞こえる。木になにかをぶつけるような、かんかんと澄んだ音である。小屋に近づくと、音はいっそうはっきりと耳に届いた。

小屋の戸をノックしたが、返事はない。二度、三度同じ行為を繰り返したが、やはり反応はなく、仕方なしに陶子は戸を開けて、中へと身を滑り込ませた。

小屋の中は恐ろしく薄暗く、明かり取りの小窓から射す、細い一条の光のみが唯一の光源のようだ。そこに、小さな背中が見える。

肩のうえに振り上げた手が、握っているのは手斧のようだ。振り下ろすと、乾いた音が響き渡る。その周りには数十本の古材が、順番を待つように並んでいる。

「……北条鬼炎さんですね」

返事はない。

「宇佐見陶子といいます。冬狐堂の屋号で旗師を営んでいる」

その声に、老人の手が止まった。「あんたか、冬狐堂とは」と、振り返ったその顔は、すでに自らも古材の一部と化したと思われるほど生気のない、かといって死人ではあり得ず、すでに生命が何であるかさえ超越してしまっているかに見えた。

――木食戒！

ごく自然にその言葉が脳裏に浮かんだ。

北条鬼炎の執念は、すでに木食の域にまで達しているのだろうか。すでに黒いものの一筋もない髪の毛と眉。骨格までもはっきりとわかるそぎ落とされた頬。肉や脂肪とともに捨て去ったのか、煩悩のかけらさえも、そこに見いだすことはできない。

「……鬼十が……世話をかけた」

「いえ。差し出がましいことを」

「愚かな男じゃ。つまらぬ欲を出しおって」

「大槻さんとは、少しつき合いがあったものですから。どうしても見逃すわけには参りませんでした」

「まさか、鬼十のやつが儂《わし》の円空から隠し彫りを削り取っているとはしらなんだ。ましてやそれを見られたがために、弟を！」

鬼炎も大槻も、戦後まもなく木地師に拾われ、実の兄弟同然に育てられたとはいえ、そこにはなんの血縁関係もない。ましてや、三十年前の事件をきっかけにして、二人は袂《たもと》を分かつことになった。それでも大槻を「弟」と呼ぶ鬼炎の心情に、もうこれ以上聞くべきことはないと、陶子は思った。大槻にしても、三十年の時の流れに関係なく存在する兄弟の契り故に、鬼炎円空の復活をあえて止めようとはしなかったのだ。大槻が許せなかったのは、円空にかける兄の執念を利用しようとした、北条鬼十だ。血のつながらない養子とはいえ、いや、それをいうなら大槻は鬼十にとっては叔父に当たる。甥《おい》の愚挙を、叔父としてどうしても許せなかったのである。

「儂はただ、円空になりたかった。そしてどの時代にも、円空がいたことを証明してみせたかった」

その言葉に、陶子は、

――そうだ、聞いておかねばならないことが一つだけ。

まだ残っていることを思い出した。

「一つお聞きしたいのです。三十年前、あなたは自らの円空の致命的な欠点に気がつき、頒布会を台無しにしましたね」

「そんなことも……確かにあった」

「円空と光の相性について、写真撮影することで画像化すると、あなたの円空からは独特の円空笑みが消えてしまう」

「そうじゃ。あのときカタログを見て愕然《がくぜん》とした儂は、頒布会そのものを取りやめにしようとしたのだ。だが、円藤をはじめとする企画グループは、それを許さなんだ。故に儂は」

鬼炎は隠し彫りの《鬼炎》の文字を、赤い塗料でなぞることで、すべてを封印したのである。

「けれどあなたは、三十年の時を経て、ついにその欠点を克服された」

その手法が知りたかった。いや、そもそも正真ものの円空に備わっている、光との相性とはなんなのか。どうしてそのようなものが生まれてしまったのか。

「あんたほどの目利きでもわからぬか」

「はい」

初めて鬼炎の表情に笑顔らしきものが浮かんだ。わずかに開いた唇の奥には、一本の歯も見えず、そこには暗い空洞があるばかりだ。空洞が確かに笑っている。

そのときになって陶子は、鬼炎の視線が微妙にずれていることに気がついた。顔は陶子に向けられているというのに、視線そのものは陶子の右側を見ているようだ。

「あの、もしかしたらお目が……」

「うむ。この二年ほどで、ほとんど失われておる。光の有無、ものの形がようやくわかるほどの視力しか、儂には残されておらん。故にこそ」

その言葉が、陶子にすべてを理解させた。

円空はどのような状況で造仏を続けたのか。

――主として暗い洞窟や、薄暗い部屋の中！

そこに供給される光は、きわめて限定的で、しかも微かだったはずだ。

「どうやら、おわかりのようじゃな」

「はい、確かに理解いたしました。本物の円空を作るためには、彼がかつて仏像を作り続けたであろう、光の条件までも再現しなければならなかったのですね」

「わずかに射し込む光の下で作られた仏像故に、その方向に否応なしに相性が生じてしまう。視力を失うことで、儂はようやくそのことに気がついた」

そういうと、鬼炎は再び背中を向けて、手斧をふるい始めた。

すでにその意識の中に、陶子はいない。弱り切った視力で古材を探り、一瞬のためらいもなく手斧を振り落とす。そして、乾いた音。

陶子は黙って小屋を後にした。一歩一歩、後ずさりながら小屋から離れる間、乾いた音は一時も途切れることなく耳に届く。古材が続く限り、ああして鬼炎は手斧をふるい続けるはずだ。

陶子は、小屋に背を向け、歩き出した。二度と訪れることはないだろう。

唇が微かに震えた気がした。何事かいおうとしているのだが、唇はその機能を果たそうとはしない。

——けれど……たぶん。

唇はこう告げようとしている。

円空は、ここにいる。

執筆にあたりまして多くの資料を参考にさせていただきました。しかし物語の性格上、事実とは違う内容に書きかえた部分がいくつかあります。従いましてすべての文責は作者が負うものとさせていただきます（北森　鴻）。

解説

大倉崇裕

「大倉くん、ここ来るまで、これ聞いてたんだ！」

北森鴻さんはそう言って、バッグの中からイヤホンがついたままのCDウォークマンをだし、中のCDを見せてくれた。「特選!! 米朝《べいちょう》落語全集」の一枚が入っていた。電車の中で音楽を聴くことはあったが、落語を聴くなんて、当時の私には思いもつかなかった。北森鴻さんは、そのくらい、落語が好きだった。

私が北森さんと初めてお会いしたのは、一九九七年度「鮎川哲也賞・創元推理短編賞、評論賞」受賞パーティーの会場だ。その年、短編賞に投じた私の作品が佳作に選ばれ、招待されたのである。九五年に「狂乱《きょうらん》 廿四孝《にじゅうしこう》」で第六回鮎川哲也賞を受賞された北森さんも、当然、そこにおられた。

作家、編集者が集まるパーティーに出たのは初めてであり、どこで何をしてよいかも判らず、ウロウロしていた私に声をかけてくれたのが、北森さんだ。理由は多分、私の書いた短編が落語をテーマにしたものだったからだろう。見知らぬ人々に囲まれて目を白黒させていた私であったが、北森さんは気さくに接して下さり、上方落語、特に桂米朝《かつら》師匠が好きだ、枝雀《しじゃく》師匠は正直、昭和の頃の方が好きだ、など慌ただしくお喋《しゃべ》りをした。その後、北森さんは編集者たちにどこかへ連れて行かれてしまい、私はまた一人になった。

パーティーが終わるころ、北森さんが近づいてきて、「飲みにいかない？」と誘ってくれた。会場近くの居酒屋に移動、私のほかにもう一人、九四年に「化身」で第五回鮎川哲也賞を受賞された愛川晶さんもいらした。私はお二人の間で、ただプロ作家同士の会話を聞いているのみだった。本もまだ出していない新人が、厳しい出版事情、生生しい人間模様を耳にするのであるから、そのときの驚きと興奮は想像できるだろう。

そして最後に話題として出たのが、その年の五月に発売となった「狐罠」についてだった。愛川さんによれば、「狐罠」は好事家をも唸《うな》らせる、大傑作であるとのこと。『狐罠を書いたんだから、北森さんはもう大丈夫だよ』

そんな愛川さんの言葉を、北森さんは照れくさそうに、一方で、まんざらでもないといった風情で聞いておられた。

「狐罠」とはいかなる傑作であるのか。その時点で私はなんと、「狐罠」を未読であった！　翌朝、慌てて書店に駆けこんだのは言うまでもない。以来、冬狐堂《とうこどう》こと宇佐《うさ》見陶子《みとうこ》の虜《とりこ》となって、今に至る。

この文章を書くに当たってシリーズ全作を読み返した。「狐罠」、「狐闇」の二大長編には読むたびに発見があり、時代の変化に揺るがない面白さがある。

だけど、あえて言いたい。作家北森鴻の神髄は、短編にこそあると。実際、一九九九年には短編「花の下にて春死なむ」で推理作家協会賞を受賞しておられるし、「冬狐堂」と並ぶ人気シリーズ「蓮丈那智《れんじょうなち》フィールドファイル」や「香菜里屋《かなりや》シリーズ」など連作短編作品も数多い。またその年の優秀作を収録するアンソロジー「推理小説年鑑」を見ても、一九九八年から二〇〇七年まで、ほぼ毎年、北森作品が掲載されている。北森鴻による短編作品の凄みが、ご理解いただけるであろう。

本書「緋友禅」はシリーズ初の短編集である。収録されている四作それぞれにテーマがあり、骨董の世界に搦《から》め捕られた人間たちの悲哀が描かれている。

「陶鬼」のテーマは萩焼《はぎやき》だ。宇佐見陶子が師匠と呼ぶ男が山口の萩で自殺。遺骨を引き取りに向かった陶子は、その地で「秋霜萩」にまつわる因縁と向き合うこととなる。萩焼に身を捧げた者の業《ごう》と悲哀が鮮やかに浮かび上がる。

宇佐見陶子の手による作家へのファンレターという幕開けに驚く「「永久笑《とわ》み」の少女」では、古墳などの盗掘を行う「掘り師」が描かれる。埴輪《はにわ》の持つ「永久笑み」に隠された意外な真実が陶子によってあぶりだされる。ミステリー味の濃い、宇佐見陶子の名推理と呼びたくなる鮮やかな一本。

表題作である「緋友禅」に登場するのは、糊染めのタペストリー。偶然訪れた画廊で、無名の作家が紡ぎだす緋色に魅了された陶子は、展示されているタペストリーをすべて買い取る。ところが、作品が手元に届く前に作家が死亡し、彼女が購入したタペストリーは姿を消していた。これぞ「冬狐堂」と言うべき、コン・ゲームの面白さが堪能《たんのう》できる。

最後の「奇縁円空」は中編でありながら、大作の貫禄を持つ。諸国を放浪しつつ、生涯で十二万体の仏像を彫ったとされる円空。その円空仏を手に入れた陶子は、「鬼炎円空」という贋作《がんさく》を巡る事件に巻きこまれる。「狐罠」にも登場したある人物が発端となり、思いがけない結末を迎える。練馬署の犬猿コンビも登場というサービスもある。

全四編、主人公である宇佐見陶子の活躍は多岐にわたる。関係者を訪ね歩き、情報の断片をつなぎ合わせ、時に危険な目にも遭うのだけれど、不屈の闘志で真実に肉薄する。またあるときは、相手の計略を逆手に取り、巧みな戦術で落としこむ。

骨董という極めて特殊な世界を描きつつ、謎と解決というミステリーの拘《こだわ》りを貫き通す。妥協を一切感じさせない作風は、「作家北森鴻の神髄は短編にある」と前述した所以《ゆえん》でもある。

職人という言葉がぴったりな北森さんだが、普段お会いするとき、そんな雰囲気はなかった。気さくで、物知りで、飄々《ひょうひょう》としていて、話題はいつも多岐にわたった。

実のところ、ミステリーの話をした記憶はほとんどない。「何てもったいない」と皆さんからお叱りをうけてしまいそうだ。

一方で、あの居酒屋で愛川晶さんが北森さんに言った、『狐罠を書いたんだから、北森さんはもう大丈夫だよ』は現実のものとなった。あれよあれよと売れっ子の作家となった北森さんは、パーティーの席でお見かけしても、編集者たちが幾重《いくえ》にも取り巻いているような状況。気軽に声をかけることも、できなくなってしまった。

そんな北森さんであったが、その後も私のことを気にかけてくださった。リレーエッセイで私を指名して下さったこともある（北森さんからのご指名であれば、一も二もなく引き受けた方がいっぱいいたであろうに）、とある小説講座の講師をしないかとのお誘いを受けたこともある。

失礼な話なのだが、北森さんがなぜそこまでしてくださったのかは、未だ判らない。上方落語が好きなこの頼りなさそうな男を、何とかしてやろう——そんなことを思われていたのかもしれない。

ただ訃報はあまりに突然で、お礼を言う暇すらなかった。パーティーで北森さんを取り巻く人の輪に割って入り、こちらから声をかけるべきだったと、今も悔やまれてならない。

実は、自宅には何冊か未読の北森作品がある。読みたいけど、読めないのだ。

「なに、感傷的なこと言ってんだよ。さっさと読んじゃえよ」

と、ほろ酔いの北森さんの声が聞こえてきそうだ。

上方落語の傑作「地獄八景亡者戯《じごくばっけいもうじゃのたわむれ》」では、三途《さんず》の川を渡った亡者たちが、閻魔《えんま》大王の裁きを待つ間に逗留する「地獄の歓楽街」が出てくる。

『芝居でも寄席でも立派なもんでっせ。ま、こっちの芝居見たら娑婆の芝居は阿呆らして見られんな』

『そうですか』

『そやがな。名優はみなこっちへ来てんのやさかいな』

（桂米朝上方落語大全集　第一期　速記より）

北森さんが愛していた桂米朝師匠も、旅だって久しい。今頃は、地獄の歓楽街にある寄席で、大観衆を前に喋っておられるだろう。その客席に、しれっとした顔で、北森鴻さんも座っているに違いない。

二〇二〇年十二月

この作品は２００６年1月文春文庫より刊行されました。なお本作品はフィクションであり実在の個人・団体などとは一切関係がありません。

徳間文庫

旗師・冬狐堂㈢

緋《ひ》友《ゆう》禅《ぜん》

2021年1月15日　初刷

著者　北《きた》森《もり》鴻《こう》

発行者　小宮英行

発行所　株式会社　徳間書店

東京都品川区上大崎三-一-一
目黒セントラルスクエア　〒141-8202

電話　編集〇三(五四〇三)四三四九
　　　販売〇四九(二九三)五五二一

振替　〇〇一四〇-〇-四四三九二

印刷
製本　大日本印刷株式会社

ISBN978-4-19-894615-9　（乱丁、落丁本はお取りかえいたします）

スーサ　あさのあつこ
空色勾玉　荻原規子
白鳥異伝〈上下〉　荻原規子
薄紅天女〈上下〉　荻原規子
風神秘抄〈上下〉　荻原規子
あまねく神竜住まう国　荻原規子
おもいでエマノン　梶尾真治
さすらいエマノン　梶尾真治
まろうどエマノン　梶尾真治
ゆきずりエマノン　梶尾真治
うたかたエマノン　梶尾真治
たゆたいエマノン　梶尾真治
クロノス・ジョウンターの伝説　梶尾真治
つばき、時跳び　梶尾真治
サラマンダー殲滅〈上下〉　梶尾真治
ダブルトーン　梶尾真治
桜大の不思議の森　香月日輪
エル・シオン　香月日輪
魔法使いと副店長　越谷オサム

千年鬼　西條奈加
魔法使いハウルと火の悪魔　D・W・ジョーンズ　西村醇子訳
アブダラと空飛ぶ絨毯　D・W・ジョーンズ　西村醇子訳
チャーメインと魔法の家　D・W・ジョーンズ　市田泉訳
魔法？魔法！　D・W・ジョーンズ　野口絵美訳
雷獣びりびり　高橋由太
吸血鬼にゃあにゃあ　高橋由太
疫病神ちちんぷい　高橋由太
化け狸あいあい　高橋由太
明日きみは猫になる　高橋由太
ショートケーキにご用心　高橋由太
紫鳳伝　王殺しの刀　藤野恵美
紫鳳伝　神翼秘抄　藤野恵美
竜宮電車　堀川アサコ
水中少女　堀川アサコ
花咲家の人々　村山早紀
花咲家の休日　村山早紀
花咲家の旅　村山早紀
花咲家の怪　村山早紀

竜宮ホテル　村山早紀
魔法の夜　村山早紀
水仙の夢　村山早紀
アカネヒメ物語　村山早紀
ぶたぶた　矢崎存美
刑事ぶたぶた　矢崎存美
ぶたぶたの休日　矢崎存美
夏の日のぶたぶた　矢崎存美
クリスマスのぶたぶた　矢崎存美
ぶたぶたの花束　矢崎存美
地を這う捜査　徳間文庫編集部編
悪夢の行方　徳間文庫編集部編
憑きびと　徳間文庫編集部編
現代の小説2014　日本文藝家協会編
現代の小説2015　日本文藝家協会編
現代の小説2016　日本文藝家協会編
現代の小説2017　日本文藝家協会編
現代の小説2018　日本文藝家協会編
現代の小説2019　日本文藝家協会編

徳間文庫の好評既刊

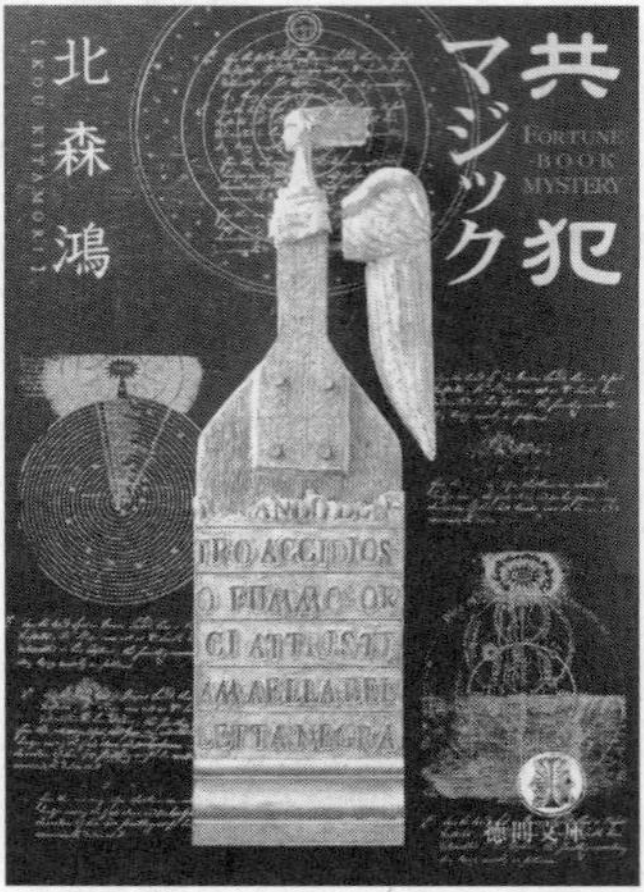

共犯マジック

北森鴻

人の不幸のみを予言する謎の占い書『フォーチュンブック』。読者の連鎖的な自殺を誘発し、回収騒ぎに発展したこの本を偶然入手した七人の男女は、運命の黒い糸に絡めとられたかのように、それぞれの犯罪に手を染める。そして知らず知らずのうちに昭和という時代の〝共犯者〟の役割を演じることに……。錯綜する物語は、やがて驚愕の最終話へ。昭和史最悪の事件の連鎖。その先にある絶望。